Pietro Metastasio

Demetrius Ein Schauspiel von drei Aufzügen

Pietro Metastasio

Demetrius Ein Schauspiel von drei Aufzügen

ISBN/EAN: 9783743676206

Hergestellt in Europa, USA, Kanada, Australien, Japan

Cover: Foto ©Andreas Hilbeck / pixelio.de

Weitere Bücher finden Sie auf **www.hansebooks.com**

Innhalt.

Demetrius Soter, König in Syrien, ward von Alexandro Bala mit Gewalt seines Reiches beraubet, und starb in der Flucht bey den Cretensern, welche allein in seinem Unglück seine Freunde geblieben waren. Ehe er aber das Reich verließ, übergab er seinen unmündigen Sohn Demetrius, seinem vertrauten Fenicius; welcher diesen unbekannten Prinzen, unter dem Namen Alcestes, anfangs einem Hirten übergab, nachmals aber denselben selbst erzog, und seine herrliche Gemüths-Neigungen dergestalt vollkommen machte, daß er zu den fürnehmsten Kriegsämtern seines Feindes Alexandri befördert, und von dessen Tochter Cleonice innbrünstig geliebet ward. Indessen begonnte der wachtsame Fenicius unter der Hand, die Gemüther der Unterthanen aufzuwiegeln, und zu dem Ende kund zu machen: daß der junge Demetrius noch am Leben sey. Auf diese Nachricht erklärten sich die Cretenser sogleich für den rechtmäsigen Kronerben. Alexander wollte dieses Feuer in

lut ersticken, und überzog die Creten-
aber geschlagen, und der unrechtmäßi-
zugleich nebst dem Leben beraubet. Bey
lücklichen Schlacht befand sich auch Al-
Feldherr, und es war lange Zeit von
chicksale nichts zu hören. Die Nachdem Tode Alexanders bewog hierauf
sen des Reichs, daß sie seine Tochter
auf den Thron setzten, mit dem Vorbe-
nen aus ihnen zum Gemahl und König zu
Cleonice verschob diese Wahl lange
nter verschiedenen Ausflüchten, in der Ab-
ie Zurückkunft des Alcestes zu erwarten;
r auch an eben dem Tage anlangete, als
über seine Abwesenheit untröstliche Köni-
einen Gemahl erwählen sollte. Worauf
tes, nach verschiedenen Zufällen, für den
en Kronerben endlich erkannt, und auf den
on seines vertriebenen Vaters gesetzet ward.

**Der Schauplatz ist zu Seleucia, der
Hauptstadt Syriens, in dem Königlichen Pallast.**

Ver=

Veränderungen der Schaubühne.

In dem ersten Aufzuge.

Ein königliches Cabinet.

Ein herrlicher, zur Wahl des Königes, ausgeschmückter Ort mit offenen Bögen, wodurch man in der Ferne das versammlete Volk, und einen Theil der Stadt Seleucia erblicket.

Gärten in dem königlichen Pallast.

Im zweyten Aufzuge.

Königliche Vorzimmer.

Geheimes Zimmer der Königinn.

Im dritten Aufzuge.

Der vordere Theil des königlichen Pallastes, nächst dem Seehafen, mit denen zur Abreise des Alcestes bestimmten Schiffen.

Die Wohnung des Fenicius in dem königlichen Pallast.

Ein Tempel der Sonnen mit dem Opfertische, und dem königlichen Thron.

Personen:

Cleonice, Königinn in Syrien.

Demetrius, unter dem Namen Alcestes, unbekannter Kronerbe von Syrien.

Fenicius, dessen Vormund.

Olinto, des Fenicius Sohn.

Barsene, Vertraute der Königinn.

Mitranes, Feldherr, und Freund des Fenicius.

Die Grossen des Syrischen Reichs.

Ein Abgesandter aus Creta.

Die Priester des Sonnentempels.

Edelknaben und Leibwacht der Königinn.

Bootsleute des Alcestes.

Der erste Aufzug.

Erster Auftritt.
Cleonice. Olinto.

Cleonice.

Genug, Olint! es soll in wenig Augenblicken
Die Krone dieses Reichs den neuen König
schmücken,
Den man von mir verlangt; es ist des Volkes Schluß,
Daß ich ihm Hand und Herz zugleich bestimmen muß.
Ich komme, den Gemahl und König zu ernennen;
Doch, eine Stunde muß man mir noch Aufschub gönnen.
Geh! hemm die Ungeduld der frechen Burgerschaar!
Bringt eine Stunde denn dem ganzen Reich Gefahr?
Ist das die treue Pflicht, die sie mir angeloben?
Habt ihr mich auf den Thron zu diesem Ziel erhoben,
Daß ich euch dienen soll? seyd ihr vielleicht gerührt,
Daß eines Weibes Hand der Syrer Zepter führt?

Olinto.

Gepriesne Königinn! umsonst sind die Beschwerden.
Dich ehret Syrien, so wie der Kreis der Erben,
Als seinen grösten Schatz. Kaum ist dein Vater kalt,

So übergiebt man dir die höchste Reichsgewalt.
Du kannst mit freyer Macht den Mitregenten wählen.
Man läst dir keine Zeit zur Ueberlegung fehlen;
Umsonst erwartet man den frohen Augenblick,
Der, zu des Staates Wohl und unsrer Bürger Glück,
Den König bringen soll; und du willst dich beschweren,
Daß dich die Bürger nicht nach Schuldigkeit verehren?

Cleonice.

Wohlan! wenn mich das Reich als Königinn erkennt:
So werde mir zur Wahl die Stunde noch vergönnt.

Olinto.

Ach Himmel! schon so oft hast du uns hintergangen.
Fast täglich hofften wir, und konnten nicht erlangen,
Was Thron und Volk beglückt. Jezt trauen wir nicht
          mehr,
Und fürchten mit Vernunft; du werdest, wie vorher,
Noch unentschlossen seyn.   Man sah des Mondes-
          strahlen,
Schon zweymahl unsre Welt mit neuem Silber mahlen,
Seit du mit nassem Aug des Vaters Tod beweinst,
Mit ungeflochtenem Haar bey seinem Grab erscheinst,
Soll sich zum drittenmahl Lucinens Licht verdrehen,
Eh deine Sinnen sich zu einem Schluß verstehen?
Du schreibest den Verzug verschiednen Dingen zu;
Bald stöhrt ein trüber Tag, bald stöhrt ein Traum die
          Ruh,
Bald sagst du: daß dir Bliz und Donner vorgekomen;
Bald: daß dem Opfertisch das Feuer sey genomen;
Bald: daß die Sängerinn der Schrecken-vollen Nacht
Mit ihrem Klagelied dir neuen Kummer macht;
                              Bald:

ein Schauspiel.

Bald: daß ein Thränenbach dir aus den Augen fliesset,
Und sich ganz unvermerkt auf das Gesicht ergiesset.

Cleonice.

Gegründet ist die Furcht.

Olinto.

Nach so viel Hinderniß,
Bestimmest du die Wahl auf diesen Tag gewiß;
Der Wahlplatz ist bereit. Vergnügt mit deinem Willen,
Sieht man das frohe Volk die ganze Stadt erfüllen.
Ein jeder will dabey der erste Zeuge seyn,
Und hüllet sich, zur Pracht, in reiche Kleider ein.
Hier siehet man mit Lust die seidnen Mäntel wehen,
Die wir, mit Gold durchwürkt, von Sidons Künstlern sehen,
Dort prangt das theure Blut, das man der Schnecke raubt,
Die Tyrus überschickt. Es schmücket sich das Haupt
Mit fremder Vögel Pracht. Die Scheitel wird gezieret
Mit reichem Perlenschoß, den Indus hergeführet.
Das stolze Pferd ist schwer von manchem Edelstein;
Sein Muth verdoppelt sich bey jenem Wiederschein,
Den Gold und Silber giebt; es nimmt mit muntern Sprüngen
An jenen Freuden Theil, die jedes Herz durchdringen.
Kurz; was das Aug ergötzt, was Kunst und Kostbarkeit
Nur zu erfinden weiß, ist diesem Tag geweihet.

Cleonice.

Was nutzt mich dieser Pracht?

Olinto.
Was nutzt dein banges Sorgen?
Was nutzt es, daß dein Herz von Abend biß zum Morgen
Sich ganz vergebens quält? wird wieder, bis zur
                                                Nacht
Das, was du zugesagt, noch nicht zum Schluß gebracht?
Wird unser Wunsch bey dir in stetem Zweifel wanken?
Du wünschest, wie es scheint, die Zeit hätt keine
                                                Schranken,
Und doch klagst du uns an: wir sollen schuldig seyn;
Umsonst beschwerst du dich; du hast die Schuld allein.

Cleonice.
Wahr ist es, ich gestehs; ich bin zur Wahl verpflichtet;
Die Götter haben schon, was ich gesucht, zernichtet.
Des Himmels strenger Schluß zwingt meinen freyen
                                                Sinn.
Olinto! geh voraus; dir folgt die Königinn.
Es soll an diesem Tag des Reiches Wunsch nicht fehlen;
Ich will in kurzer Zeit den Bräutigam erwählen.

Olinto.
Bedenke, Königinn! wie treu dir jederzeit
Olinto hat gedient, mit welcher Tapferkeit
Mein Blut

Cleonice.
Ich weis, das Blut kommt von den grösten
                                                Helden,
Das deine Brust beseelt.

Olinto.
            Ich will   dem nichts melden,
Was mein Erzeuger ist.

Cleonice.
Auch das ist mir bekannt.
Olinto.
Sein weises Rathen ⸗ ⸗ ⸗
Cleonice.
Ja, das weiß das ganze Land.
Ich kenne seinen Wehrt, die Treue, seinen Stammen.
Das alles weiß ich schon ⸗ ⸗ ⸗
Olinto.
Nicht alles; jene Flammen,
Die deiner Augen Strahl, dein göttlich Bild erweckt,
Sind dir noch nicht bekannt; die Furcht hat sie versteckt;
Mein Herze seufzt und wünscht ⸗ ⸗ ⸗
Cleonice.
Verschweige diese Triebe!
Olinto.
Warum?
Cleonice.
Es ist nicht Zeit; jezt hör ich nichts von Liebe.
Drum schweig!
Olinto.
Ach! zürne nicht; daß ich von Liebe sprach,
Geschah ⸗ ⸗ ⸗
Cleonice.
Geh! sag dem Volk: die Königinn folgt nach.

Zweyter Auftritt.
Barsene, Cleonice.

Cleonice.

Alcest! geliebtes Herz! ach! höre meine Klagen!
Wo ist dein Aufenthalt? wo bist du zu erfragen?
Umsonst erwart ich dich, umsonst ruf ich zu dir,
Du bist zu weit entfernt; . . . Barsene! sage mir:
Kannst du mir vom Alcest noch keine Nachricht geben?
ist er vielleicht schon hier? nennt er mich noch sein
 Leben?

Barsene.

 Es ist mir unbekannt; ich komme nur hierher
 sagen: daß du eilst. Es fällt den Bürgern schwer,
daß du so lange säumst; sie fangen an zu klagen;
ein Aufschub könnte sie leicht in den Harnisch jagen.

Cleonice.

Unglückseelige! wohlan! ich werde gehn,
 einen Bräutigam mit Zittern auszersehn.
Himmel! alle Kraft verläst die matten Glieder,
 zweifelvolle Herz ist der Vernunft zuwider,
 gelähmte Fuß steht vor Erstaunung still,
 in die Schuldigkeit zum Schritt bewegen will.
 ist ein Sterblicher von Göttern so verlassen?

Barsene.

Königinn! das heist: sich selbsten hassen.

Der

ein Schauspiel.

Der vorgestellten Qual betrübte Trauernacht,
Besteht nur im Begriff, den du davon gemacht.

Cleonice.
Ist das nur ein Begriff? wenn ich mein Herz verstricke,
Bis es der Tod entseelt, mit dem, der keine Blicke
Von meinem Aug verdient? mit dem, der sich vielleicht,
(Da er mir seine Hand nur aus Verstellung reicht)
Mit stillem Fluch verdammt: daß er die Königs-
                                        Würde
So theuer kauffen muß?

Barsene.
                    Wahr ist es, solche Bürde
Druckt mehr als jede Last. Allein das heilge Band,
Die wechselsweise Gunst, ein theures Liebespfand,
Gewohnheit, Zeit, Gedult, sind so gestallte Sachen,
Daß sie was man gehaßt, zum Freund und Liebsten
                                        machen.

Cleonice.
Wenn aber aus dem Feld Alcest zurücke käm'
Und den, mit fremder Brust, geschloßnen Bund ver-
                                        nähm?
Wie wird es um mich stehn? wie wär ihm zu Gemüthe?
Bey der Erinnerung erstarret mein Geblüthe.
Würd ich den Unbestand nicht ganz umsonst bereun?
Würd ihm mein Wankelmut nicht unerträglich seyn?
Die Eifersucht, die Qual, das kläglich Thun, die
                                        Schmerzen,
Die Stirne, zeigten mir das Bild von seinem Herzen.

Barsene.
Du hoffest nur umsonst; er kommt nicht mehr zurück;

Drey

Drey Monat ſind vorbey, da das erzürnte Glück
Den König uns entrieß; Alceſt war ſtets zugegen,
Wo dein Erzeuger ſtritt, und durch des Feindes Degen
In ſeinem Blute ſchwamm; jezt weiß man nichts um
    ihn,
Vielleicht nahm ihm zugleich ein Schwerdt das Leben
    hin;
Und iſt er, durch die Flucht, dem Mordſchwerdt auch
    entgangen,
So ſcheint es doch gewiß: er ſey vom Feind gefangen,
Sonſt wär er längſt ſchon hier.

Cleonice.

                   Zaghafte! ſchweige doch!
Mir ſagt das Herze vor: Alceſtes kommet noch.

Barſene.

Die Rückkunft würde dich in gröſſern Zweifel ſetzen.
Denn, wenn du ihn erwählſt, ſo muſt du die verletzen,
Die reich an Stand und Ruhm; ſchlüßt aber dein Gebot
Ihn aus, ſo bringt der Schluß ihm und dir ſelbſt den
    Tod.
Das letzte müßte man, wie billig, grauſam nennen,
Das Erſte hieß: Verdienſt und Tugend nicht erkennen.

Cleonice.

Glaub nicht, daß ich dadurch die innre Ruh verliehr;
Es wär noch Rath für mich, wär nur Alceſt bey mir.

Dritter Auftritt.

Mitranes, und die Vorigen.

Mitranes.

Weiſt du, o Königinn! daß die Gefahr ſich mehret?
    Daß

ein Schauspiel.

Daß sich das ganze Volk aus Ungedult empöret,
Und nicht mehr warten will? dein Anblick nur allein
Kann noch bey der Gefahr das Rettungsmittel seyn.

Cleonice.
(Das ist die Wiederkunft Alcestens.) Ich muß gehen ...

Barsene.
Hast du den Bräutigam bey dir schon ausersehen?

Cleonice.
Noch nicht.

Barsene.
Was wirst du thun?

Cleonice.
Ich bin zu nichts bereit.

Barsene.
Wie? fängst du denn ein Werk von solcher Wichtigkeit
Ganz unentschlossen an?

Cleonice.
Mein Schicksal wird es wissen;
Wie das Verhängniß will, so werd ich mich entschliessen.

Vierter Auftritt.
Barsene.   Mitranes.

Barsene.
Bedrängte Königinn! wie sehr beklag ich dich!

Mi-

Mitranes.

Solch Mitleid fühlest du für sie? und keins für mich?

Barsene.

Wenn du nichts anders willst, so kann ich dich erhören;
Sollt aber deine Seel ein mehrerers begehren,
So hoffest du umsonst.

Mitranes.

So grausam bist du nicht;
Du siehest ja, daß mir an allem Trost gebricht,
Und dennoch solltest du mir gar die Hofnung rauben?
Nein, dieses läßt mich ja dein zartes Herz nicht glauben.

Barsene.

Mitranes! klage nicht, du bist nicht elend, nein;
Ich bin beklagenswerth, dieweil ich meine Pein
Auch dem nicht sagen darf, der meine Brust entzündet,
Und diese nicht einmahl, wie du, ein Beileid findet.

Fünfter Auftritt.
Mitranes. Fenicius.

Mitranes.

Unnützes Beileid!

Fenicius.

Freund! wo ist die Königinn?

Mitranes.

Sie geht mit größtem Zwang, zur Wahl des Königs hin.

Feni-

Fenicius.
So ist mein Hoffen aus? die Mühe vieler Jahre , , ,

Mitranes.
Warum?

Fenicius.
Vernimm, mein Freund! was ich dir offenbare,
Denn ich verlasse mich auf deine Redlichkeit,
Und oft geprüfte Treu.

Mitranes.
Die ich dir stets bereit;
Du hast mein Wort zum Pfand.

Fenicius.
Wohlan! du wirst noch wissen,
Wie dem Demetrius die Krone ward entrissen,
Als Alexander ihn von seiner Väter Thron
Verjagt;

Mitranes.
So viel ich weiß, sind dreyssig Jahre schon
Seit dieser Zeit vorbey, und ich kann michs entsinnen,
Als ob es heute wär; der König mußt entrinnen
Und starb nach kurzer Frist im Elend;

Fenicius.
Ja, ganz recht;
Hast du gehört, daß auch der letzte vom Geschlecht,
Sein Sohn mit ihm verstarb?

Mitranes.
Ich weiß, daß auch sein Name
Demetrius geweſt.

Fenicius.
So wiſſe, dieſer Saame
Iſt noch nicht gar vertilgt; des jungen Königs Blut
Belebet noch den Leib; du ſelbſten kennſt ihn gut.

Mitranes.
Ach Himmel! iſt es wahr?

Fenicius.
Ja Freund! ich kann dir ſchwören;
Alceſt iſt dieſer Prinz.

Mitranes.
O Gott! was muß ich hören?

Fenicius.
In dieſe Arme gab, bey der betrübten Flucht,
Demetrius, mein Herr, die theure Königsfrucht.
Nimm hin den letzten Schatz, ſprach er mit heiſſen Zähren,
Du ſollſt, an Vaters-ſtatt, ihm Schutz, und Rath gewähren,
Der Himmel rächt bereinſt vielleicht noch meine Schmach,
Erhalte dieſen Sohn, mir und dem Reich zur Rach.
Der König ſtaeb; ſein Prinz ward höchſtgeſchickt verborgen.

Mitranes.
Anjetzt begreif ich erſt die Urſach jener Sorgen,

Die

Die du mehr auf dies Kind, als deinen Sohn gewandt;
Doch, warum blieb er uns so lange unbekannt?

Fenicius.

Ich hatte bis anher zu viel Gefahr zu scheuen;
Doch unterließ ich nicht arglistig auszustreuen:
Der Erbe lebe noch; allein ich sagte nicht
Daß dieß Alcestes sey.   Indeß war das Gerücht,
Du weist es, schon genug, der Creter Schwerdt zu zücken,
Und Alexander must in seinem Blut ersticken.
Der Cronenräuber liegt nun freylich wohl erblaßt,
Doch bleibt Demetrius im Reiche noch verhaßt,
Es ist der Herrschungsucht der Grossen nicht zu trauen,
Man muß zu seinem Schutz nach frember Hülfe schauen,
Die Creter kommen zwar, doch nicht zu rechter Zeit,
Alcestes ist nicht hier, und ich weiß nicht, wie weit
Er noch entfernet ist, so fern er noch am Leben;
Indeß wird, durch die Wahl, ein König uns gegeben.
Ach! diese Wahl • • •

Mitranes.

Geduld! wählt Cleonice gleich,
Behält Alcestes doch, so fern er lebt, das Reich;
Wenn diesen tapfern Held, wir und die Creter schützen,
So wird er mit Gewalt, des Vaters Thron besitzen.

Fenicius.

Das ist mein Absehn nicht; ein frohes Eheband
War meiner Wünsche Ziel; durch Cleonicens Hand

Verhofft ich, sollt Alcest auf seinen Thron sich schwin-
gen,
Zum Brautschatz sollt er ihr zugleich die Crone brin-
gen,
Der sie wol würdig ist. Die reine Liebesglut,
Die beyde angeflammt, versprach mir, ohne Blut
Mein Absehn zu vollziehn . . . . Umsonst ist mein
Beginnen
Wenn ich nicht dich, mein Freund! zum Beystand
kann gewinnen.
Mitranes! treuer Freund! ich bitte, steh mir bey,
Bezeuge, daß dein Herz dem wahren König treu;
Die edle That läßt uns die schönste Frucht genüssen,
Wenn wir die Königswahl heut zu verhindern wissen.
Kann dieses nicht geschehn, so sag ich öffentlich:
Daß noch Demetrius am Leben, daß er sich
Alcest bisher genannt; du wirst mich unterstützen,
Und, wenns die Noth erheischt, mit Waffen den be-
schützen,
Der seinen König liebt.

Mitranes.

Hier hast du Wort und Hand
Und, kommt es auch dahin, mein Blut zum Unterpfand.

Fenicius.

Umarme mich, mein Freund! ich eile, mit Ergötzen,
Den abgefaßten Schluß sogleich ins Werk zu setzen;
Der Himmel schützet uns: denn daß er uns geneigt,
Lehrt mich der muntre Blitz, den deine Großmut zeigt.

Sech-

ein Schauspiel.

Sechster Auftritt.

Mitranes, allein.

Schon längstens ließen mich Alcestens Thaten lesen:
Daß seine Vaterstadt kein Hirtenhaus gewesen.
Die Gluth verbirgt sich nicht, umsonst wird sie versteckt,
Sie bricht dannoch hervor, ob man sie gleich bedeckt;
So läst der Tugend Glanz sich bey erhabnen Seelen
Durch einen niedern Stand im mindesten verheelen;
Alcestens grosser Geist hat mir in diesem Held.
Auch in der schlechten Tracht den Fürsten dargestellt.

Siebender Auftritt.

Cleonice, Fenicius, Olinto, die Grossen des Reichs, Wachten und Volk.

Olinto.

Ganz Syrien verlangt, o Königinn! zu hören,
Wen es als Bräutigam und König soll verehren;
Entschlüsse! jeder zeigt durch stille Ehrfurcht an,
Daß er für Ungeduld kaum länger warten kann.

Cleonice.

Ein jeder nehme Platz. (O schwere Augenblicke!)

Fenicius.

(Ihr Götter! lenkt den Schluß doch zu Alcestens
Glücke!)

Cleonice.

Ihr Syrer! eure Huld erhob mich auf den Thron,
Ich

Ich ehre bleß Geschenk; doch wird mir Reich und Cron
Jetzt zu der grösten Last; ihr machet meine Würde,
Durch die Bedingungen die ihr verlangt, zur Bürde;
Ihr wollt für euch ein Haupt, für mich ein Ehgemahl;
Doch, ihr hemmt selbst den Schluß; wie kann ich durch
die Wahl,
Bey so viel Würdigen, die sich einander gleichen
An Tugend und Geburt, den Würdigsten erreichen,
Da ihr so viele sind? ich bin zum Spruch verpflicht,
Doch, wen ich wählen soll, weiß mein Verstand noch
nicht.
Die Menge hält mich auf; ich kann nicht unterscheiden,
Wer mit dem Purpurrock vor andern zu bekleiden.

Fenicius.
Verschiebe deinen Schluß zu einer andern Zeit
Und überlege recht der Sachen Wichtigkeit.

Olinto.
Wie?

Fenicius.
Schweig! denn Syrien ist nicht so gar vermessen
Den Ausspruch mit Gewalt und Pochen zu erpressen.
Wir wissen alle wohl, von was Erheblichkeit
Das Wahlgeschäfte sey.

Olinto.
Hat sie nicht allbereit
Drey Monat Frist gehabt? des Volkes Zorn zu stillen,
Das schon von Wut entbrennt, muß sie ihr Wort er-
füllen.

Feni-

Fenicius.
Verwegner! wer hat dich so frevelhaft gemacht?
Olinto.
Der Eifer, die Gefahr, hat mich dahin gebracht:
Denn sollte Syrien sich heut betrogen sehen,
So wird das stille Feur in volle Flammen gehen.
Fenicius.
Das könnte Syrien mit heisser Flut bereun!
Wer auf dem Throne sitzt, muß ohne Richter seyn;
Mir hat der Jahre Last die Kräfte zwar genommen,
Doch nicht den tapfern Muth; Und sollt es so weit kommen,
So wisse: daß mein Blut für Cleonicen fließt;
Glückseelig heiß ich den, der es für sie vergießt.
Cleonice.
Hör auf, Fenicius! das Uebel zu vergrössern,
Was nützt mich der Verschub? die Zeit kann nicht verbessern,
Was meine Seele drückt; (stehet auf.) hört meinen Ausspruch an!
Es werde aller Welt der König kund gethan . . .
Fenicius.
Nein, grosse Königinn! du sollst noch nicht entschlüssen.
(Eh soll das ganze Volk mein groß Geheimnüß wissen.)
Cleonice.
Dort eilt Mitranes her; Mitranes! komm herbey!
Du scheinest ganz vergnügt, sag, was die Ursach sey.

(setzet sich.)

Achter Auftritt.

Die Vorigen, Mitranes, hernach Alcestes.

Mitranes.

Gleich diesen Augenblick sah ich Alcesten kommen,
Auf einem Fischerkahn ist er in Port geschwommen.

Cleonice.

(Ihr Götter!)

Fenicius.

(Froher Tag!)

Cleonice.

Sag! wo er sich befindt?

Mitranes.

Er kommt bereits hierher.

Cleonice.

Fenicius! Olint!
(Wach oder traum ich?) Geht und eilt ihn zu empfan-
gen,
Begrüsset unsern Freund. (Bald hätt ich mich ver-
gangen.)

Fenicius.

Ich eile voller Lust.

Cleonice.

(Beglückte Königinn!)

Olinto.

(Alcestens Ankunft reißt mir den Verstand dahin.)

Alce-

Alcestes.

Wie bin ich doch beglückt, daß ich vor deinen Füssen
Dich mit entzückter Treu als Königinn begrüssen
Und stets verehren soll; wie freut sich Aug und Herz
Daß sie, dem Glück zum Troz, nach überstandnem Schmerz,
In dir, Vollkommenste! auf deines Thrones Höhen
Den Preiß der Tugenden so schön belohnet sehen.

Cleonice.

Wie bin ich doch erfreut, daß ich als Königinn,
Was Cleonice war, für dich noch heute bin;
Recht zu gewünschter Zeit bist du zuruck gekommen.

Fenicius.

Das Trauren, welches uns um dich schon eingenommen,
Macht jezt der Freude Plaz.

Cleonice.

Was für ein widrigs Glück
Hielt dich so lange Zeit von meinem Thron zuruck?

Olinto.

(Ich sterb aus Ungedult.)

Alcestes.

Als nach gebrochnem Frieden
Dein Vater, unser Heer, und ich von hier geschieden...

Olinto.

Genug, das wissen wir, den Sturm, die Schlacht, den Tod
Des Königs, und was sonst das Schicksal euch gedroht.

Demetrius,

Cleonice.

vir wollen auch, was wir nicht wissen, hören;
*! fahre fort.

Olinto.

(Soll ich die Höll beschwören?)

Alcestes.

lexander fiel, und sein geweihtes Blut
)erz und Adern floß, verlohr das Heer den Muth:
sah der Feinde Schwarm in unsre Schiffe springen
nicht im Meer ertrank, das starb durch ihre Klin-
gen:
Grimm bestimmete für mich kein beßres Ziel,
ich, von Wunden matt, für tod darnieder fiel;
sollte ebenfalls, wie tausend andre Leichen,
der erzürnten Flut ein nasses Grab erreichen.

Cleonice.

)as Herze zittert mir.)

Alcestes.

Wie aber bald darnach,
)dem mir der Gebrauch der Sinnen ganz gebrach,
in gütiges Geschick mich an das Land getragen
nd noch erhalten hat, das kann ich dir nicht sagen.
:in Fischer fande mich am Ufer ausgestreckt,
,um Mitleid ward sein Herz durch meinen Stand
erweckt;
:r trug mich in sein Haus; hier wurden meine Wunden
Durch seine milde Hand aufs fleissigste verbunden;
Durch ihn leb ich aufs neu; auch er vollführt mein Glück,
Ind bringt, auf seinem Schiff, mich heut zu dir zurück.

ein Schauspiel.

Cleonice.
(Erstaunliches Geschick!)

Olinto.
     Ist endlich dein Erzählen,
Zum End? es wäre Zeit . . .

Cleonice.
     Ja, es ist Zeit zu wählen,
Olint! ich höre dich, verbanne den Verdruß!
Ich folge, setzet euch! vernehmet meinen Schluß.

(Alle setzen sich, indem sich aber Alcestes
auch setzen will, hält ihn Olinto auf.)

Alcestes.
(Ich bin zu rechter Zeit zur Wahl zurück gekehret.)

Olinto.
Was willst du thun?

Alcestes.
     Das, was die Königinn begehrete

Olinto.
Kann dein vermeßner Stolz sich gar so weit vergehn?
Soll Syrien bey mir den Hirten sitzen sehn?

Alcestes.
Du irrest dich; seit dem mich Schild und Helm bekleiden,
Weiß Syrien von mir den Hirten zu entscheiden;
Alcestes legt von sich, da er den Hirtenstab
längst mit dem Schwerdt vertauscht, sein erstes Wesen
     ab.

Olinto.

Olinto.
Doch aber ist dein Blut vom Pöbel nur entsprossen.

Alcestes.
Ich hab, zu eurem Schuß, so viel davon vergossen,
Daß von dem ersten Blut nichts ferner übrig ist;
Das tapfre Blut, das jezt in meinen Adern fließt,
Ist gänzlich neu.

Olinto.
Wer lehrt dich so viel Kühnheit hegen?

Alcestes.
Mein Herze, meine Faust, und dieser scharfe Degen.

Olinto.
Hoffärtiger! willst du.

Fenicius.
Olinto! zähme doch
Den unverschämten Mund.

Olinto.
Allein man weiß ja noch
Von seinem Ursprung nichts

Fenicius.
Solltst du denselben wissen,
So würdest du vielleicht von deinem schweigen müssen.

Cleonice.
Genug! die Königinn macht ihn zum Edelmann.

Olinto.
Da sonst an diesem Ort kein andrer sitzen kann,
Als welche mit Verdienst, und hohen Ahnen prangen,
Wie

ein Schauspiel.

Wie kannst du, mir zum Schimpf, o Königinn! verlangen,
Daß ein geringer Hirt ein solches Recht erhält?
Cleonice.
Wohlan! wenn dir Alcest, als Hirte nicht gefällt;
So soll er sich zu dir als Oberfeldherr setzen;
Nach diesem Siegel wird man seine Würde schätzen,
(Giebt ihm das Siegel, Alcestes setzet sich.)
Bist du nunmehr vergnügt?
Olinto, stehet auf.
Ach! dieses ist zu viel!
Es fehlet jezt nichts mehr an seines Wunsches Ziel,
Als ihm noch Herz und Hand, und Cron und Reich
zu gönnen:
Denn, daß du dies verlangst, kann jeder leicht erkennen.
Fenicius.
Verwegner! du verliehrst Verstand, Vernunft und
Sinn,
Erkühnt man sich so viel vor seiner Herrscherinn?
Cleonice.
Ich überleg des Sohns noch unerfahrne Jugend,
Dich schützt vor meinem Zorn des Vaters seltne Tugend,
Doch schweige künftighin.
Fenicius.
So hemm den Eifer dann!
Und zeige, wie man sich selbst überwinden kann.
Olinto, setzet sich.
Ich bin gehorsam; (Ach! für Zorn möcht ich vergehen.)
Cleonice.
Mein Herze hat bereits den König ausersehen,

Doch,

Doch, ehe noch mein Mund denselbigen ernennt,
Verlang ich, daß ihr mir durch einen Eid bekennt:
Den, den ich wählen will, mit Demuth zu verehren;
Daß alle, zum Voraus, ihm Pflicht und Treue schwören,
Es sey auch, wer er will; er sey in diesem Land
Gebohren, oder fremd; ob sein Geblüt und Stand
Hoch oder niedrig sey.

Fenicius.
Ich schwör: mich treu zu zeigen.

Cleonice.
Und du, Olinto?

Fenicius.
Sprich!

Olinto.
Man hat mir ja das Schweigen
Vor kurzen auferlegt.

Cleonice.
So widerstrebest du?

Olinto, steht auf.
Und zwar mit Recht; du störst hierdurch des Reiches
Ruh,
Ich bin es nicht allein, den solche Schmach muß rühren.

Cleonice, steht auf.
So mag auf diesem Thron ein anderer regieren;
Auf solche Sclavenart, wo der Vasall die Pflicht
Nach eignem Willen lenkt, herrscht Cleonice nicht.

Feni-

ein Schauspiel.

Fenicius.
Laß dir, o Königinn! doch nicht zu Herzen gehen,
Daß ein und andere dem Eidschwur widerstehen;
Die meisten gehen ja, was du begehrest, ein.

Cleonice.
Der Mißvergnügten Zahl mag noch so wenig seyn,
So kann mein Auge sie mit Langmut nicht ertragen;
Sie dürfen mit der Zeit noch größre Kühnheit wagen.
Es werde dieser Zwist dem Volke kund gethan!
Entweder trägt man mir vollkommne Freyheit an;
Wo nicht, so steige ich von jenen Ehrenstuffen
Des königlichen Throns, auf den ihr mich beruffen.
Alsdenn geb ich das Herz nach eigner Neigung hin,
Und zeige in der That: ich sey noch Königinn.

Neunter Auftritt.
Fenicius. Olinto. Alcestes.

Fenicius.
Muß ich denn immerdar vor deinem Stolz erröthen?
Will mich dein Frevel gar für Scham u. Zorn ertödten?
Wirst du denn nicht einmal vernünftig in dich gehn,
Und dir zur Besserung, auf andre Sitten sehn?

Olinto.
Wie? soll mir nicht der Schimpf durch Brust und
      Herze dringen?
Du selbst verhinderst mich, mich auf den Thron zu
      schwingen,
Du unterdrückst den Sohn. . . .

        Feni-

Fenicius.

      O treflicher Regent!
Der nur vor blindem Stolz und frecher Herrschsucht
           brennt;
Der seine Fehler liebt; kühn, ungestümm, verwegen...

Olinto.

Ja, ja, ich merk es schon, Alcestes wär hingegen
Demüthig, liebreich, sanft, vernünftig und gescheid;
Was für ein Meister lehrt mich die Geschicklichkeit,
Wie ich des Vaters Gunst mir kann zuwege bringen?

Fenicius.

Folg nur Alcesten nach, so wird es dir gelingen.

Zehender Auftritt.
Olinto, Alcestes.

Olinto.

Vortreflicher Alcest! so zeigst du mir die Bahn,
Durch deinen weisen Mund, zur wahren Tugend an?
Wohlan! ich will von dir mich unterweisen lassen;
Der Himmel gebe nur, daß ich das möge fassen,
Was du mich lehren wirst, damit dein Schulgebäu
Dir, der schon alles weiß, zu keiner Schande sey.

Alcestes.

Dergleichen Stachelwort muß ich von dir vertragen,
Denn, als Fenicens Sohn, kannst du mir alles sagen.

Olinto.

In Wahrheit, du hast Recht; es fiele mir nicht ein,
             Daß

Daß der, mit dem ich sprach, mein König würde seyn;
Verzeihe, grosser Fürst! wenn ich zu viel gesprochen,
Wenn mein unweiser Mund sich jezt an dir verbrochen.

Alcestes.

leb wohl! es möchte mir sonst die Gedult vergehn;
Dein Stolz verspottet mich; allein es könnt geschehn,
So ferne die Vernunft bey dir nichts mehr versienge,
Daß endlich, über dich, mein schwerer Zorn entgienge.

Eilfter Auftritt.

Olinto, allein.

Wär mir Alcestens Stand nicht ganz genau bewust,
So glaubt ich selbst : ein Gott belebe seine Brust;
Wer seine Worte hört, den kann er so verblenden,
Daß man vermeint: sein Blut stammt aus Alcidens
 Lenden,
Da es doch schlechterdings von armen Hirten fließt;
Und dannoch muß ich sehn, daß er geliebet ist?
Was nützt der Adel mich? Geh! Schicksal! deine Gaben,
Die auch ein Blinder findt, verlang ich nicht zu haben;
Was hilft der Wiege Glanz, wenn Liebste, Reich und
 Thron,
Dem hohen Stand zum Troz, erhält ein Hirtensohn?

Zwölfter Auftritt.

Cleonice, Barsene, hernach Fenicius.

Cleonice.

So ist Alcest verhaßt, weil ich ihm bin gewogen?

E   Hat

Demetrius,

Hat ihm die ganze Welt der Freundschaft Pflicht ent-
zogen,
Dieweil ich ihm geneigt? doch eben dieser Neid
Vermehrt die treue Glut, die ihm mein Herz geweiht.
Der falsche Kronenglanz wird mich zu nichts bewegen,
Mir ist an meiner Ruh mehr als am Thron gelegen.

Barsene.
Vielleicht spricht dir das Volk, was du begehrest, zu,
Und gönnt dir, nebst dem Reich, die innerliche Ruh;
Was nützt es, vor der Zeit? * * *

Cleonice.
                Ich kenne schon die Tücke
Des mir verhaßten Neids. Doch, nimmt mir das
Geschicke
Gleich Kron und Zepter hin, acht ich doch solches nicht;
Ich bin mit festem Muth auf jeden Fall gericht;
Das Alleredelste aus tausend Königreichen
Ist mir Alcestens Herz, von dem will ich nicht weichen.
          (Fenicius kommt.)

Barsene.
(O bittre Eifersucht!)

Cleonice.
           Mein Freund! hat sich der Rath
Entschlossen?

Fenicius.
Fürstinn! Ja.

Cleonice.
            Was man beschlossen hat,
Ist mir bereits bekannt; ich soll den Thron verlassen?

                                      Feni-

ein Schauspiel.

Fenicius.

Du must von Syrien ein bessers Urtheil fassen.
Ein jedes Herze bleibt mit Ehrfurcht angefüllt,
Und zeiget grössre Lieb, als du dir vorgebildt;
Du kannst nach deiner Lust den Bräutigam ernennen;
Wir alle werden ihn als Oberhaupt erkennen,
Und dies bekräftiget, wenn ihn schon die Natur
Aus dunklem Glück erzeugt, ein allgemeiner Schwur.

Cleonice.

Wie? in so kurzer Zeit hat man sich so verkehret?

Fenicius.

Dir ist noch nicht bewust, wie Syrien dich ehret;
Mit was für Zärtlichkeit dir jedermann geneigt,
Hat sich jezt in dem Rath, mehr als du glaubst, gezeigt.
Ein jeder ist bereit, Vermögen, Leib und Leben
Für seine Königinn mit Freuden darzugeben.
leb! Cleonice! leb! dein Volk ist dir getreu,
Der Himmel schütze dich; war aller Feldgeschrey.

Barsene.

(Es ist um mich geschehn.)

Cleonice.

Mein Freund! geh hin und sage
Dem Volk die Lust, die ich an seiner Ehrfurcht trage.
Daß sie den Schluß gefaßt, soll sie gewiß nicht reun,
Mein Denken geht dahin, wie ich kann dankbar seyn.

Fenicius.

(Den Göttern sey gedankt! Alcest ist unser König!)

Barsene.
Dir ist, o Königinn! das Schickſaal unterthänig,
Dein Sehnen ist erfüllt, dein treues Herz vergnügt,
Und dein geſetzter Muth hat allen Schmerz besiegt.
Cleonice.
Ach Himmel!
Barsene.
Seufzest du? kannst du wohl mehr verlangen?
Es steht in deiner Wahl den Liebsten zu umfangen,
Und doch betrübst du dich? sprich! was verwirrt den Sinn?
Cleonice.
Barsene! Freundinn! ach! jetzt iſt Alcestes hin.
Barsene.
Wie das?
Cleonice.
Soll ich denn sehn, daß meine Unterthanen
Großmüthger sind als ich? soll sich der Glanz der Ahnen
Durch mich verdunkelt sehn? soll jener nur allein,
Den meine Leidenschaft erwählet, würdig seyn?
Vor so viel edlem Blut, vor so viel seltnen Gaben,
Soll heut ein schlechter Hirt durch mich den Vorzug haben?
Nein, das soll nie geschehn. Die Ehre hat vorher
Den stolzen Neid besiegt; es fiele mir nicht schwer
Zu meiner Feinde Trotz den Zepter zu verlassen,
Sofern sie mir zur Wahl die Freyheit nicht gelassen;
Nun aber, da ihr Stolz gebeugt zur Erde liegt,
So lehrt die Großmuth mich: wie man sich selbst besiegt.

Bar-

ein Schauspiel.

Barsene.
Der Sieg wär freylich leicht, wenn nicht Alcestes wäre.
Cleonice.
Wenn mich Alcestes liebt, liebt er auch meine Ehre.
Barsene.
Ich zweifle, ob dein Mund vor ihm so herzhaft spricht.
Cleonice.
Erschüttre, Freundinn! doch mein schwaches Herze nicht.
Bezaubert mich sein Blick; so werd ich ihn vermelden,
Und sagen: (wenn ich kann) er soll von hinnen scheiden.

Dreyzehender Auftritt.
Mitranes, hernach Alcestes, und die Vorigen.

Mitranes.
Alcestes kommt zu dir.
Cleonice.
Ihr Götter! steht mir bey.
Barsene.
Anjezo zeige, daß dein Herz beständig sey.
Cleonice.
Geh hin, und sag ihm: daß * * *
Mitranes.
Hier ist er selbst zugegen.

Cleonice.

(Sein Anblick will die Seel in neue Fessel legen.)

Alcestes.

Mich macht des Himmels Huld ganz sonderbar beglückt,
Da dich, Vollkommenste! mein Aug so nah erblickt;
Da der getreue Mund die Marter meiner Seelen,
Die mich entfernt gequält, dir, Schönste! kan erzählen;
Dein göttlich Bildniß nur erquickt die matte Brust,
Alcest sieht nur in dir sein Leben, seine Lust • • •

Cleonice.

Nicht so viel Zärtlichkeit.

Alcestes.

Wie? jene Liebeszeichen,
Die dich vorhin ergötzt, sind heut, dich zu erweichen
Nicht fähig? ändert sich vielleicht dein grosser Sinn?
Ach! welche Trauernacht reißt meine Sonne hin?
Welch unverhofter Sturm macht meine Lust verschwin-
                                        den?
Läßt so die Königinn mich Cleonicen finden?

Cleonice.

Was Schmerzen!

Alcestes.

Ich verstehs; es hebt der schnelle Lauf
Von wenig Monden, jetzt mein Glück, dein Lieben, auf;
Die kurze Zeit vertilgt bey dir mein Angedenken.

Cleonice.

(Ach! könnte dieß geschehn, so dürft ich mich nicht
                                        kränken:)

Al-

Alcestes.

Sprich! welche Sträflichkeit befindet sich an mir?
Ist mein Entfernen Schuld? hat meine Flamme dir
Vielleicht zu solchem Zorn den ersten Grund gegeben?
So sieh! hier ist mein Blut, bestraffe mich am Leben!
Durchstoße dieses Herz, wenn es dir weh gethan.
Dein Auge, das mich stürzt, und auch beleben kann,
Soll die gekränkte Brust mit seinem Blitz durchbohren,
Wenn ich die Treue brach, die ich dir zugeschworen.
Du schweigst? sprich! ob ich nicht für Wehmut ster-
  ben soll?

Cleonice.

(Ich kann nicht widerstehn.) Alcestes! lebe wohl!

Vierzehender Auftritt.
Alcestes, Barsene.

Alcestes.

Ihr Götter! was ist das? ihr zweifelhaftes Sprechen,
Die Seufzer ihrer Brust, die durch die Lippen brechen,
Ihr blasses Angesicht macht mich Gedanken voll;
Barsene! sag: was ich aus allen schlüssen soll?
Hat mir der Neider Schaar solch Unheil zugerichtet?
Ward ihre reine Treu durch Wankelmuth zernichtet?
Verkehrt der hohe Stand vielleicht ihr Herz zum Schein?
Leid ich aus eigner Schuld so ungewohnte Pein?

Barsene.

Alcestes! fasse dich! will sie die Glut verdammen,

Die sie doch selbst erregt; so brennen andre Flammen
Für dich weit zärtlicher   *   *   *

Alcestes.

Barsene! dieses Herz
Keñt keine andre Glut; bey Marter, Qual und Schmerz,
Muß solche unverruckt für Cleonicen brennen;
Umsonst will mich von ihr ein fremdes Feuer trennen;
Nur Cleonicen bleibt die treue Brust geweiht;
Sie bleibt mein Augenmerk, für sie bin ich bereit,
Selbst den geschärften Blitz des Himmels zu ertragen,
Und meiner Ruh, dem Glück und Leben abzusagen.
Ihr Abriß ist in mich so fest und tief geprägt,
Daß mein entzücktes Herz kein andres Bild bewegt.

Funfzehender Auftritt.
Barsene.

Unglücklich, armes Herz! dein Urtheil ist gesprochen;
Vergebens suchtest du, auf jenen Strahl zu pochen,
Der sonst der Liebe dient; der Blicke Zaubermacht
Prallt auf ein Felsenherz, das ihre Kraft verlacht.
Doch nein, erhole dich! ich werd ein Mittel finden,
Ihn durch Gedult und Zeit dennoch zu überwinden;
So klein der Tropfen ist, muß doch der härtste Stein
Durch wiederholten Fall zuletzt erweichet seyn;
Der stets bemühten Axt muß doch, nach öftern Strei‑
chen,
Ein Baum, so tief er auch die Wurzeln schläget, weichen.
Wie aber, wenn ich mich durch falschen Wahn verführ?
Und

Und bey der Hoffnung doch Alcestens Herz verlehr?
Ja, ja verhaßtes Glück! ergrimmte Himmelsstern?
Ihr zeiget mir das Herz Alcestens nur von ferne;
Selbst Cleonicens Haß macht ihn, zu meiner Peln,
Weit fester in der Treu, als Erz und Marmorstein.

Ende des ersten Aufzuges.

Der andere Aufzug.

Erster Auftritt.

Alcestes, Olinto.

Alcestes.

Warum willst du, Olint! den Eintritt mir verwehren?
Ich muß zur Königinn ⸳ ⸳ ⸳

Olinto.

Du must zurücke kehren;
Ihr eigener Befehl verbeut den Schritt zu ihr,
Das saget dir Olint.

Alcestes.

Wohlan! so werd ich hier,
Bis sie es mir vergönnt, so lange mich gedulden.

Olinto.

Auch das ist nicht erlaubt; die königlichen Hulden
Erwartest du umsonst; du darfst hinführo nicht
Dich ihrem Throne nahn; vor ihrem Angesicht

Soll

Demetrius,

ünftighin Alcest sich nicht mehr lassen sehen.
u es wohl gehört?

Alcestes.
(Es ist um mich geschehen!)
ll mich nicht mehr sehn? nein, meine Königinn
nicht so grausam seyn, weil ich nicht schuldig bin;
aub dir nicht; vielleicht hat man dich hintergangen.

Olinto.
zweifelst du annoch? darfst du dich unterfangen
ken: daß mein Mund dich hier betrügen kann?

Alcestes.
In dem Verdacht vielleicht zu viel gethan,
ich von ihr selbst . . .

Olinto.
Verwegner! bleib zurücke!

Zweyter Auftritt.

Mitranes, und die Vorigen.

Mitranes.
mein Freund!

Alcestes.
Alcest verlangt das hohe Glücke
iginn zu sehn.

Mitranes.
Das ist dir nicht erlaubt.

Al-

ein Schauspiel.

Alcestes.
Ach Himmel! wird ihr Blick mir auf einmal geraubt?
So ist es leider wahr?

Mitranes.
Du darfst sie nicht mehr sprechen,
Ein jeder Schritt zu ihr, mein Freund! ist ein Ver-
brechen.

Alcestes.
Mitran! erbarme dich! eil zu der Königinn!
Geh! sprich das Wort für mich! sag! daß mein treuer
Sinn
Bey diesem Streich erliegt! daß falsche Neider Zungen
Mich, der ich nichts verbrach, aus ihrer Huld verdrun-
gen.

Mitranes.
Den Vorspruch untersagt ihr ernstliches Gebot,
Dieweil sie dem so gar den ärgsten Zorn gedroht,
Der nur Alcesten nennt.

Alcestes.
O Gott! aus was für Gründen
Verfährt sie so?

Mitranes.
Ich weiß die Ursach nicht zu finden.

Alcestes.
Ich bin betrogen, ja, verrätherische List
Befördert meinen Fall; doch, wer auch jener ist,
Der mich bey ihr verläumt, dem ist mein Haß geschwo-
ren;
Selbst bey dem Opfertisch will ich sein Herz durchbohren.

Olin-

Demetrius,

Olinto.

Spahr diese Drohungen, Alcest! sie gehn zu weit.

Mitranes.

Vielleicht verbessert sich dein Schicksal mit der Zeit.

Alcestes.

Verzeihet diesen Zorn der höchstbedrängten Seelen,
Die mit Verzweiflung ringt, da Lieb und Haß mich
quälen;
Mein jammervoller Stand ist ja beklagenswerth;
Steht einem Freunde bey, der euren Schutz begehrt.
Entziehet mir solchen nicht: helft mir das Herz erweichen,
Das mich mit Haß belegt. Bey so viel Unglücksstreichen,
Die ungerechter Neid der Unschuld zugericht,
Verdien ich euren Schutz durch meine Zuversicht.

Dritter Auftritt.

Olinto, Mitranes.

Olinto.

Mitran! Alcestens Fall befördert mich zum Throne,
Die Hoffnung zeigt mir schon den schönen Glanz der
Crone.

Mitranes.

Wer der Gedanken Ziel auf wahre Weißheit richt,
Der setzet sein Vertraun auf leere Hoffnung nicht.
Wie oft wird uns ein Gut, das man zu haben glaubet,
Durch unverhoften Fall, eh man es denkt, geraubet?
Gesetzt auch, daß das Glück dir gänzlich wär geneigt,
So

ein Schauspiel.

So wiſſe: daß der Thron auch viele Dörner zeugt.
Der Zepter könnt uns zwar die wahre Ruh beſcheren,
Wenn unſre Neigungen ihm unterthänig wären,
Weñ mit des Purpurs Pracht das Herz zufrieden blieb,
Und nichts mehr wünſchete; wenn der vergeßne Trieb
Nach der erfüllten Luſt nicht neue Luſt erweckte,
Die ſich nach dem, was man noch nicht genießt, erſtreckte.
Macht dein erhabner Stand dich jezo nicht vergnügt;
Wird jezo die Begierd nicht durch Vernunft beſiegt;
So wirſt du auf den Thron viel minder ruhig ſchlaffen.

Olinto.

Soll Hoheit und Gewalt denn kein Vergnügen ſchaffen?

Mitranes.

Ein ſchon beſeßnes Gut vermindert unſre Luſt,
Die Luſt iſt nicht ſo groß, wenn ſie uns iſt bewuſt,
Und den Genuß pflegt oft der Eckel zu beſiegen;
Dir iſt noch unbekannt, wie vieles Unvergnügen
So Cron als Zepter giebt; wie hart der Purpur drückt;
Wie ſchwer ſich Hand und Haupt zur Kunſt der Herr-
       ſchung ſchickt.

Olinto.

Man lernt die Hertſchungskunſt am beſten durch regie-
       ren.

Mitranes.

Wahr iſts, doch pfleget dies auch öfters zu verführen;
Bey niedern Menſchen iſt ein groſſer Fehler klein,
Ein kleiner Fehler pflegt bey Fürſten groß zu ſeyn.

          Olin-

Olinto.

Schweig! dieser Unterricht will meinen Zorn erregen;
Die Weisheit, die mich ziert, ist, wie mein Arm den
Degen
Und Schild regiert; wie sonst der Menschen Eigenschaft,
Wie sein verborgner Trieb und inn're Neigungskraft
Beschaffen, rührt mich nicht; wer dieses will erfahren,
Muß seine Lebenszeit den Wissenschaften spahren,
Und viele Jahre lang nach Memphis und Athen
In die berühmte Schul der Sittenlehrer gehn.

Mitranes.

Auch ohne Sittenschul, auch ohne Lehr der Alten,
Muß ein rechtschafner Mann Eid, Treu und Glauben
halten,
War nicht dein Herz bisher Barsenen zugethan?

Olinto.
Ja, und ich lieb sie noch.

Mitranes.

Denkst du denn nicht daran,
Daß du sie, wenn dein Stolz den Zepter will erreichen,
Verliehrest?

Olinto.

Ihr Verlust ist ja nicht zu vergleichen
Mit einem Königreich, das man dadurch erlangt.

Mitranes.
Wie aber, wenn die Treu mehr als die Crone prangt?

Olinto.
In welchem Lande wird die Treu wohl angetroffen?
Findt

ein Schauspiel.

Findt man sie in der That? nein, sie besteht im Hoffen.
Das, was der Phönix ist, ist die berühmte Treu;
Ein jeder Dichter sagt: daß so ein Vogel sey,
Doch wo er sich befindt, kann keiner Nachricht geben;
Zeigst du den Phönix mir, versprech ich treu zu leben.

Vierter Auftritt.

Mitranes, hernach Cleonice, und Barsene.

Mitranes.

Wenn nur ein leichter Wind des falschen Glückes weht,
Sieht man, wie dieses Herz in stolzer Hoffnung steht,
Er stellt sich würklich vor, als ob er schon regierte,
Und auf der Syrer Thron den goldnen Reichsstab führte.
Das lehrt uns: wie bethört, wie alber und wie blind
Der Menschen Neigungen in ihrem Wesen sind.

Cleonice.

Mitran! verlasse mich; ich will hier etwas schreiben.

Mitranes.

Biß du mich wieder rufst, werd ich zurücke bleiben.

Cleonice.

Hör! sagt Alcestes nichts, wenn er dich spricht, von mir?

Mitranes.

Ach Königinn! sein Herz sehnt sich noch stets nach dir,
Allein der arme • • •

Cleonice.

    Genug! begieb dich nur zurück • • •
Hör! wie beklagt er denn sein tobendes Geschicke?

Demetrius,

Mitranes.

Er saget: daß dein Herz nicht so tyrannisch sey;
Er klagt den Neid nur an; er schwört: daß seine Treu,
Daß seine reine Glut nur dir zum Opfer brenne
Und daß ihn nur der Tod von deiner Liebe trenne.

Fünfter Auftritt.
Cleonice, Barsene.

Barsene.

Der Schreibtisch ist bereit; sag ihm durch dieses Blat
Das, was dein grosser Geist zuletzt beschlossen hat.

Cleonice.

Ach Himmel! soll ich denn mir selbst die Ruh verkürzen
Und mit Alcestens Qual mich in den Abgrund stürzen?
Der Himmel zwar verlangts, der Wohlstand rathet ein:
Es soll aus meiner Brust Alcest getilget seyn,
Und das will auch das Reich; ich muß mich überwinden
Und mein bestrittnes Herz so schwach nicht lassen finden.
Ja, ja es soll geschehn... Doch, warum macht mein
                              Mund
Ihm den erzwungnen Schluß nicht, wie die Feder, kund?
Ein solches Urtheil ihm nur schriftlich zu bedeuten
Ist die empfindlichste von allen Grausamkeiten;
Barsene! wenn das Glück zwey Treuverliebte trennt,
So ist der einzge Trost, den man im Scheiden kennt,
Wenn man sein Leid sich klagt, und wenn ein Strohm
                              von Zähren
Die reine Zärtlichkeit der Herzen kann bewässren.

Barsene.

Soll das die Lindrung seyn? ach! es ist die Begierd
Alcesten noch zu sehn, die dich so weit verführt;
laß dich das Zweytemal nicht auf den Kampfplatz
bringen,
Es möchte dir so gut, wie vormals, nicht gelingen.
Verdunkle doch nicht selbst den schönen Tugendglanz,
Der jedes Auge blendt; erhalt den Lorbeerkranz,
Den du erobert hast; die ersten Siegesfrüchte
Macht oft der zweyte Streit, wen man zu kühn, zu nichte.
Ich seh, o Königinn! daß du weit schwächer bist,
Als nicht dein Gegentheil, der stark und mächtig ist.
Auf! fasse tapfern Muth dich selbst zu überwinden,
Der treue Unterthan wird dich mit Lorbeern binden;
Bedenk, daß diese That, die noch so schmerzlich fällt,
Der Nachwelt deinen Ruhm auf ewig groß erhält.

Cleonice.

Grausamer Ehrenruhm! soll ich für Wehmut sterben,
Um bey der späten Welt den Lobspruch zu erwerben?
Soll ich, der Ehr zu lieb, von dem, was ich verehr,
Allstets geschieden seyn? o barbarische Ehr!
Ich folge dir mit Zwang.... Es sey... Ich werde
schreiben.

Barsene.

Das Glück ist mir geneigt, Alcest wird mein verbleiben.

Cleonice, schreibt.

Alcest! geliebter Freund! . . .

Barsene.

Wenn nur noch kurze Zeit
Die stolze Ruhmbegier ihr wankend Herz bestreit't
So muß ich glücklich seyn.

Cleonice, schreibt.

Die strengen Götter wollen,
Daß unsre Herzen sich auf ewig trennen sollen. ...

Barsene.

(Die Hoffnung wächst in mir.)

Cleonice, hört auf zu schreiben.

(Unglücklicher Alcest!)

Barsene.

(Hilf Himmel! was geschieht? die Königinn verläßt
Den schon gefaßten Schluß? es ist um mich geschehen.)

Cleonice.

(Soll Cleonice dich hinführo nicht mehr sehen?)

(Sie ergreift die Feder wieder.)

Barsene.

(Barsene stirb! doch nein, das Schicksal ändert sich.)

Cleonice, schreibt.

Leb! mein Geliebter! leb! doch aber nicht für
mich : : .

Barsene.

(Mein Wünschen ist erfüllt.)

Cleonice.
Es ist vollendt, Barsene!
Barsene.
(Jetzt bin ich in dem Port.)
Cleonice, legt den Brief zusammen.
Ich Unglückseelige!
Barsene.
Es kröne
Der Himmel ferner noch die schöne Heldenthat,
Da er den Anfang schon durch das gezeiget hat,
Daß wir dich auf dem Thron von diesem Reiche sehen.
Cleonice.
Nimm hin, und sorge ....

Sechster Auftritt.
Fenicius eilends, und die Vorige.
Fenicius, kniend.
Ach! laß Gnade doch ergehen!
Cleonice.
Für wen?
Fenicius.
Für den Alcest; was hat er dir gethan?
Ich traf ihn ganz erblaßt, und kaum noch lebend an;
Es läßt der matte Fuß ihn nicht mehr aufrecht stehen,
Das grausame Gebot: dich ferner nicht zu sehen,
Ist ein geschärfter Blitz, der ihm die Sinnen nimmt,
Und Brust und Herz durchdringt; bleibt der Befehl
        bestimmt,

Demetrius,

) der gekränkte Geist sich von dem Cörper trennen.
ufzet, bittet, drohet; man kann ihn kaum mehr
kennen,
von den Wangen schon die holde Röthe weicht;
Augen sind erstarrt, die Lippen schon erbleicht;
halb erstorbne Mund läßt durch gebrochnes Lallen
Seufzen sonst kein Wort, als: Cleonice! schallen.
Felsen ist so fest, den nicht sein Thränenguß,
Jammer-voller Stand zuletzt erweichen muß.

Cleonice.

:ius! von dir hat meine schwache Jugend,
die von Lieb und Ehr zugleich bestrittne Tugend,
Beystand zwar gehoft, doch keinen Trieb zum Fall;
türmest auf mein Herz gleich einem Donnerknall.
um kömmst du hierher, und reissest jene Wunden?
ch deine Klagen auf, die ich noch kaum verbunden?

Senicius.

elhe, Königinn! den übereilten Trieb!
 reizt Natur und Pflicht; Alcestes ist mir lieb,
 auserwählter Sohn, dem ich so wohl gewogen,
ich mit so viel Schweiß und Sorgfalt auferzogen;
Sprosse, den mein Fleiß, mein wohlgemeinter Rath
seiner Kindheit an bisher gepflanzet hat!
Baum, der durch den Strahl von deinen Gna-
denblicken
dler Wachsthum zeigt uns alle zu beglücken;
eret deinen Thron; mein Alter stützet er;
äre schon erblaßt, wenn nicht Alcestes wär.

Bar-

ein Schauspiel.

Barsene.
(Sein Eifer tödtet mich.)

Fenicius.
Jezt fängt er an zu blühen,
Jezt nahet sich die Zeit von ihm die Frucht zu ziehen,
Die er schon längst versprach; und Cleonice will,
Daß er verdorren soll? halt! dieses ist zu viel
Nein, stolze Königinn! dein grausames Verfahren
Ertödtet mich in ihm; die Zahl von meinen Jahren
Ist ein so schwacher Schild für diesen schweren Streich.
Schaff Rath! wo du nicht willst, daß ich noch heut er-
bleich.

Cleonice.
Was suchet denn Alcest von mir noch zu erwerben?

Fenicius.
Dich nur ein einzigsmal zu sehn, hernach zu sterben.

Cleonice.
Ach Himmel!

Fenicius.
Königinn! dein Herz erweiche sich!
Barmherzigkeit für ihn! Barmherzigkeit für mich!
Sieh! dieses graue Haupt, das dir mit Rath gedienet,
Die unverfälschte Treu, die noch im Herzen grünet,
Verdient ja einen Lohn, und dieser ist nicht schwer,
Es ist ja nur ein Blick, den ich für ihn begehr.

Cleonice.
Wem alle Menschlichkeit von Göttern ist benommen,
Der mag hier wiederstehn, ich nicht, sag: er soll komen.

Barsene.
(Dein Hoffen, armes Herz, wird in die Gruft geschickt.)
Fenicius.
(Ihr Herz liebt ihn aufs neu, sobald sie ihn erblickt.)

Siebender Auftritt.
Olinto, die Vorigen.
Olinto.
Mein Vater! Königinn! Alcest hat sich geflüchtet,
Er eilt von deinem Hof; das hab ich ausgerichtet,
Ich ließ ihm keine Zeit zu längern Aufenthalt.
Cleonice.
Wie dieses?
Fenicius.
Und warum?
Olinto.
Er wollte mit Gewalt
Und gröstem Ungestümm die Cleonice sehen,
Ich aber, auf dein Wort, hieß ihn von hinnen gehen.
Cleonice.
Und wer befahl es dir, Vermeßner! daß du ihn
Mit solchem Zwang belegt? holla! man gehe hin,
Und sag der Wacht: daß es die Königinn befohlen,
Es koste, was es will, Alcesten einzuholen;
Und wenn man ihn erlangt, so führet ihn zur mir.
Fenicius.
(Ich Unglückseeliger!)

Cleo-

Cleonice.

Olinto! wehe dir,
Wenn man ihn nicht mehr findt, so wird mit schweren
Wettern:
Mein höchstgerechter Zorn dein freches Haupt zer-
schmettern.
Olinto.
Nimmst du mit solchem Dank den treuen Eifer wahr?
Der Dienst entreisset ja dein Ansehn der Gefahr.
Cleonice.
Verwegner! wer macht dich zum Hüter meiner Ehre?
Wer glaubt, daß dir mein Ruhm so angelegen wäre?
Wer hätt, Fenicius! das Unglück vorgesehn?
Wird denn des Himels Grimm stets über mich ergehn?
Von meiner Kindheit an, im ersten Band der Wiegen,
Ließ mich mein Schicksal schon in steter Trübsal liegen;
Die Liebe quält das Herz, die Ehre trotzt der Pflicht,
So machet Ruhm und Treu, daß mir die Ruh gebricht.

Achter Auftritt.
Fenicius, Olinto, Barsene.
Olinto.
Hat man Zeit lebens wohl was seltsamers gehöret?
Ist Cleonicens Sinn nicht ganz und gar bethöret?
Bald will sie: daß Alcest sie nicht mehr sehen soll,
Und wann er sich entfernt, so wird sie Wehmuths-voll;
Sie liebt, und haßt zugleich; die Thorheit zu bedecken,
Pflegt sie die eigne Schuld auf andre zu erstrecken.

Demetrius,

Fenicius.

ßner Lästerer! ist das die theure Pflicht,
r ein Unterthan von seiner Fürstinn spricht?
lernst du nimmermehr den frechen Mund bezähmen?
sich der Vater stets des Sohnes müssen schämen?
ich verzweifle schon an deiner Besserung.

Barsene.

and kommt mit der Zeit; jezt ist er noch zu jung.

Fenicius.

ich war ehemals ein Jüngling, frisch von Jahren;
1, nunmehr graues Haupt war mit geflochtnen
Haaren
: herrlichste geschmückt; allein, o eble Zeit!
nals getraute sich die Unbesonnenheit
blinden Jugend nicht, dem weisen Rath der Alten,
: so verkehrtem Wiz, das Gegentheil zu halten;
Welt nimmt immer ab, und da sie älter wird,
iehet man, leider! daß sie nur zu Lastern führt.

Neunter Auftritt.

Olinto, Barsene.

Olinto.

n seltnen Eigensinn des Alters zu vergnügen,
är Noth, man zeigte sich als Held schon in der Wiegen.
rsene!. unser Geist trift andre Reizung an;
rich: ob Olinto wohl dir noch gefallen kann?

Bar

Barsene.

Olinto! wie es scheint, so willst du mit mir scherzen:
Weit edler ist die Glut, die sich in deinem Hrezen
Nunmehr entzündet hat; dort lenk die Sinnen hin!
Barsene wünscht dir Glück, und weicht der Königinn.

Zehender Auftritt.
Olinto.

Barsenens Sprödigkeit, des Vaters Zänkereyen,
Alcestens blindes Glück, nebst denen Tyranneyen,
Die Cleonice droht, sind Streiche solcher Art,
Wofür die Tapferkeit nicht jedes Herz verwahrt.
Allein Olinto läßt dabey den Muth nicht weichen;
Ein tapfres Herz erschrickt vor keinen Unglücksstreichen;
Dem, welcher niemals spielt, bleibt der Gewinn versagt;
Das Glück flieht vor der Furcht, und schützt den, der sich
wagt.

Eilfter Auftritt.
Cleonice, hernach Mitranes.
Cleonice.

Der schwere Augenblick ist endlich eingetroffen,
Da du zum letztenmal, und ohne weiteres Hoffen
Alcesten sehen wirst; erkühnest du dich wohl
Zu sagen: daß er sich von dir entfernen soll?
Hast du wohl Herz genug, ihm mündlich zu bedeuten:
Daß er die reine Lieb und so viel Zärtlichkeiten
Auf allezeit vergißt? ach Himmel! was für Pein
Nimmt das gequälte Herz mit neuen Martern ein?

Warum wird seine Flucht von mir doch hintertrieben?
Vielleicht wär meiner Brust die vor'ge Ruh verblieben.

Mitranes.

Alcestes, Königinn! ist endlich wieder hier;
Sein Geist erholet sich; er eilt mit Lust zu dir,
Und brennt für Ungedult, nach so viel Hindernissen,
Wenn du es ihn vergönnst, die Hände dir zu küssen.

Cleonice.

(Mein Herze! zitterst du?)

Mitranes.

Fenicius sah ihn,
Und sagte: daß das Herz der schönen Königinn
Ihm noch gewogen sey; so bald er dies erzählte,
War er der Blume gleich, die sich bey Frost und Kälte
Zur Erde zwar gebeugt, doch bey der Sonnen Blick
Sich wiederum erhebt; das Trauren weicht zurück,
Die Stirn erheitert sich, es schmücken sich die Wangen
Mit neuen Rosen aus; das sehnliche Verlangen,
Dich noch einmal zu sehn, macht, daß ihm Lieb und Freud
Aus Aug und Blicken lacht.

Cleonice.

(Ach allzuschwehres Leid!)
Geh hin, Mitranes! sag: er soll sich sehen lassen.

Mitranes.

(Es weiß sich mein Gemüth für Freude kaum zu fassen.)

Cleonice.

Auf Cleonice! auf! nunmehro ist es Zeit,
Verdopple deinen Muth! ermuntre dich zum Streit.

Wo

ein Schauspiel.

Wo bist du? grosser Geist! ihr prächtige Gedanken!
Die stets in dieser Brust mit meiner Liebe zanken,
Wo seyd ihr? wer hat euch auf einmal hingerafft?
Kommt! unterstützet mich! bringt meiner Seele Kraft!
Kommt! eilt! ein frisches Feur der Ehrfurcht anzuzün-
  den;
Wie lange such ich euch, und kann euch doch nicht finden?
Ihr ziehet euch zurück ganz furchtsam und verstöhrt,
Wenn ihr den Namen nur von meinem Liebsten hört!
Versammlet euch! wollt ihr den Ruhm verlohren geben?
Auf! Ehre! hilf mir jezt der Liebe widerstreben.

Zwölfter Auftritt.
Alcestes, Cleonice.
Alcestes.

Glorreiche Königinn! nun glaub ich nimmermehr,
Daß man für Wehmuth stirbt; kein Leiden drückt so sehr,
Daß es zum Grabe führt; könnt es den Tod uns geben,
So wär ich schon erblaßt, so müßt ich nicht mehr leben.
Nichts gleichet meinem Schmerz; doch nur entweicht
  die Qual,
Und ich vergesse sie bey deiner Augenstrahl.

Cleonice.
(Grausame Zärtlichkeit!)

Alcestes.
            Wenn meine treue Sinnen
Bey dir, Vollkommenste, noch jene Huld gewinnen,
                                                Die

Demetrius,

)nſten mich beglückt; wenn ich noch hoffen kann,
mich dein Herze liebt; was war die Urſach dann,
Cleonice jüngſt ſo ſtreng mit mir verfahren?
Cleonice.
es! ſetze dich! ich will es offenbahren.
Alceſtes.
)lge dem Befehl.
Cleonice.
(Die Furcht ertödtet mich;)
Alceſtes.
Hoffnung giebt mir Troſt.)
Cleonice.
Alceſt! erkläre dich:
du die Königinn aus ungefäſchtem Triebe?
oder iſt vielleicht die Abſicht deiner Liebe
)rer Ahnen Glanz, auf Cron und Thron gericht?
Alceſtes.
Königinn! ſo ſchwach iſt dein Alceſtes nicht.
jener eitle Schein, der nur das Aug entzücket,
jene Treflichkeit, die deine Seele ſchmücket,
Zeit und Jahren trotzt, den Abfall nie erlangt,
Gottheit ähnlich iſt, mehr als der Purpur prangt,
Tugend nur allein, die dich ſo herrlich zieret,
elbſt der ſtolze Thron dabey die Pracht verlieret,
ihm den wahren Glanz nur die Regentinn giebt,
ſt es, Königinn! was dein Alceſtes liebt.
Cleonice.
o vernünftig liebt, der läſt mich billig hoffen,
uch ein groſſer Muth bey ihm wird angetroffen.
Alce-

Alcestes.
Was mir dein Wort befiehlt, das soll vollzogen seyn.
Cleonice.
läßt du dich nicht zu weit mit dem Versprechen ein?
Alcestes.
Weit mehr, noch soll die That der Welt vor Augen legen,
Mit unbedeckter Brust eil ich dem Feind entgegen...
Cleonice.
Dahin zielt nicht mein Zweck; was ich von dir begehr,
Trift nicht die tapfre Faust; nein, ich verlange mehr,
Ich will du sollst hinfort mein Antlitz gänzlich meiden,
Aus diesen Gränzen gehn, zu fremden Völkern scheiden.
Alcestes.
Ich dich verlassen? wie? ach! fordre meinen Tod!
Ich scheiden? ach? wer giebt dieß schreckliche Gebot?
Cleonice.
Die Ruhe meines Throns, der Wunsch der Unterthanen,
Die Würde meines Stands, die Ehre meiner Ahnen,
Die Wohlfahrt meines Volks, des Reiches Sicherheit,
Das Recht, die Pflicht, der Ruhm, die strenge Schul=
digkeit
Der Tugend, die du rühmst, die mich so herrlich schmü=
cket,
Daß, wie du sagst, der Thron von mir den Glanz erblicket.
Alcestes.
Mit so gesetzter Stirn macht mir dein strenger Mund
Den grausamen Befehl des bittern Scheidens kund?

Cleo=

Cleonice.
Alcest! du weißt noch nicht.
Alcestes.
Ich weiß, du kannst mich haffen.
(Stehet auf.)
Du willst, ich soll, ich muß, ich werde dich verlaffen;
Geh hin! verschaffe nur den Unterthanen Recht,
Stell Reich und Ehr in Ruh, sey deiner Tugend Knecht;
Den Purpur wird doch nicht der Untreu Brandmal
 decken,
Ein Thron vergröffert nur der Laster schwarze Flecken;
Mir aber, wenn mich nicht der Schmerz zu Grabe trägt,
Bleibt die verrathne Treu stets in das Herz geprägt.
Cleonice.
Ach! geh noch nicht • • •
Alcestes.
Ich muß, mein Bleiben wär vermeffen,
Ein schlechter Hirte darf die Ehrfurcht nicht vergeffen,
Die deinem Ruhm gebührt. Es wird des Thrones Pracht
Durch meine Gegenwart verächtlich nur gemacht.
Cleonice.
Undankbarer Alcest! du spottest?
Alcestes.
Ja, ich sehe,
Ich bin sehr undankbar, dieweil ich von dir gehe,
Undankbar ist mein Herz, weil es die theure Pflicht,
Der Liebe zartes Pfand, den Schwur der Treue bricht;
Ach! Wankelmüthige! • • •

ein Schauspiel.

Cleonice.
Alcest kann alles sagen,
Und Cleonice wird die Schmach gedultig tragen;
Beschimpfe mich so sehr, bis du von Schmähen satt,
Bis sich dein ganzer Zorn auf mich ergossen hat,
Alsdenn geruhe mich auch, kurze Zeit zu hören.

Alcestes.
Dein süsses Schmeicheln wird mein Herze nicht be-
thören;
Nichts tilgt das Unrecht aus, das du mir angethan.

Cleonice.
Verdamme mich noch nicht, setz dich, und hör mich an.

Alcestes.
(Zu viel vertrauet sie auf ihre Zauberblicke.)

Cleonice.
Besänftige den Zorn, mein Werther! denk zurücke:
Daß schon zehn ganzer Jahr der einzige Alcest
Das angenehme Bild in meiner Brust gewest;
Aus dieser Zärtlichkeit kannst du zur Gnüge schlüssen,
Was für Empfindungen mein Herze rühren müssen,
Da ich dich lassen soll; man zwinget mich zur Wahl;
Das Reich verlangt von mir den König, den Gemahl;
Bey solchem Zwang bin ich nicht Frau von meinen
Trieben,
Ich muß des Reiches Wohl mehr als mein eignes lieben.

Alcestes.
Spricht den das Volk dich nicht von allem Zwange frey?

Cleonice.
Wahr ists; ich könnte leicht, aus Misbrauch dieser
Treu,

Den

Den meine Seele liebt, mit Cron und Purpur zieren;
Doch wird Alcestes wohl den Zepter ruhig führen,
Da die Geburt ihm fehlt? wird so viel edles Blut
Ihm unterthänig seyn? wird nicht die stolze Wuth
Der Grossen dieses Reichs, sich ihm zum Fall verbinden?
Mit Aufruhr, Mord und Brand das ganze Land ent-
  zünden?
Mein schwacher Arm, dein Stand, reizt ihre Frechheit
  schon,
Dein Lieben droht dem Reich, dein Scheiden schützt den
  Thron,
Geh! theuerster Alcest! die Bosheit zu beschämen;
Von unsrer Tugend soll der Neid ein Beyspiel nehmen;
Es sey die schöne That, noch bey der späten Welt,
Zu dein und meinem Ruhm zum Wunder vorgestellt;
Man wird dereinst von uns, mit nassen Augen, lesen:
Daß ein verliebtes Paar so tugendhaft gewesen,
Das, weil die Ehre nicht sein treues Band vergnügt,
Die allertreuste Glut durch Ehr und Ruhm besiegt.

Alcestes.

Grausame Götter! ach! wie könntet ihr beschlüssen,
Daß ich nur als ein Hirt gebohren werden müssen?

Cleonice.

Es ist des Schicksals Schluß, er muß vollzogen seyn;
Zieh hin, Geliebtester! geh! mildre deine Pein.
Die Thränen, welche sich auf mein Gesicht ergiessen,
Sind Zeichen meiner Treu, sie sollen ewig fliessen.
Geh! nimm mein Herz mit dir, und sage ferner nicht,
Daß Cleonice dir den Schwur der Treue bricht.

Al.

Alcestes.

Vergieb, o grosses Herz! vergieb mir mein Verfahren!
Der Himmel müsse stets den Tugendglanz bewahren,
Der dich zur Gottheit führt; mein Herz ist ganz beschämt,
Daß es den Eifer nicht vorsichtiger bezähmt;
leb! herrsche stets beglückt! indem ich mich entferne,
Bin ich vergnügt, daß ich den Weg der Tugend lerne.

Cleonice.

Rührt meine Tugend dich, so geh, mein Freund! von hier.

Alcestes.

Ich folge deinem Wink; jedoch vergönne mir,
Daß ich zum letztenmal die schöne Hand darf küssen,
Die ich verliehren muß, die mir das Glück entrissen,
Die Seele bleibt zurück, da ich dich lassen soll,
Vergiß Alcesten nicht, ich gehe.

Cleonice, und Alcestes.

lebe wohl!

Dreyzehender Auftritt.
Cleonice, hernach Barsene, sodann Fenicius.
Cleonice.

Seyd ihr nunmehr vergnügt, ruhmsüchtige Gedanken!
Da ihr mein schwaches Herz seht ohne Stütze wanken?
Welch trauriges Gestirn, das uns mit Quaal belegt,
Hat solchen Ehrendunst in unsre Brust geprägt!
Was nützt es, wenn wir uns mit solchen Lorbeern zieren,
Die den beklemten Geist fast zur Verzweiflung führen?
Und man, aus eitlem Ruhm, für Leid verschmachten muß?

E Bar-

Barsene.
Ists wahr, o Königinn! daß du den harten Schluß
Alcesten selbst erklärt? ist es dir wohl gelungen,
Daß du, bey seinem Blick, die Leidenschaft bezwungen?

Fenicius.
Und ist es würklich wahr, daß diesem tapfern Held,
Durch deinen eignen Mund das Urtheil wird gefällt?

Cleonice.
Ach! freylich ist es wahr.

Fenicius.
Das hätt ich nie geglaubet,
Daß dich dein Eigensinn der Menschlichkeit beraubet...

Barsene.
Die Starkmut hab ich mir bey dir stets vorgestellt.

Fenicius.
Wer das geringste nur auf Treu, auf Sanftmut hält,
Wird den gefaßten Schluß mit lautem Munde schelten.

Barsene.
Die Tugend wird die That mit stetem Ruhm vergelten.

Fenicius.
Bedenk, was du verliehrst, wenn er für Jammer stirbt.

Barsene.
Bedenk, was für ein Lob der edle Schluß erwirbt.

Fenicius.
Die Nachwelt wird von dir wie von Tyrannen schreiben.

Barsene.
Dein Name wird bey ihr groß und unsterblich bleiben.

Feni-

ein Schauspiel.

Fenicius.
Veränbre . . .

Barsene.
Widersteh . . .

Cleonice.
Ihr Götter! schweiget doch;
Was wollt ihr denn von mir? hat das Verhängniß noch
Mich nicht genug gequält?

Fenicius.
Ich will dir nur beweisen,
Wie sehr du dich betrügst . . .

Barsene.
Ich will die Tugend preisen,
Daß du dich selbst besiegt. . . .

Cleonice.
Indessen setzt ihr mich
In neue Lobesangst; mein Herze martert sich
Zugleich mit Trost und Pein, ich scheue Quaal und
Freuden,
Und wer mir helfen will, beförbert nur mein Leiden.

Vierzehender Auftritt.
Fenicius, Barsene.

Fenicius.
Was für ein Eifer ists, Barsene! der dich rührt?
Dein Herz wird allzuschnell zur Grosmut angeführt;
So manchen schönen Satz von Weisheit, Ruhm und
Ehren,
Läßt eine Weibsperson nie oder selten hören.

Der

Demetrius,

hre Vorwand deckt was anders, welches sich
ner Brust verbirgt; wie? du entfärbest dich?
)weigest? sage mir: darf Cleonice trauen?
: du ihr Liebesfeur wohl ohne Regung schauen?
Auge warf zwar oft den halb-verstohlnen Blick
.anchem stillen ach! Auf den Alcest zurück;
o viel Bosheit wirst du nicht im Busen tragen,
u mit List. . . . Ich schweig; du wärst nicht
      zu beklagen,
sie dich straft. . . .

Barsene.
  Verfolgt ihn nicht die Königinn?
h, wenn ich bey ihm von zärtern Herzen bin?

Funfzehender Auftritt.
Fenicius.
Rath? Fenicius! was ist nun anzufangen?
.lles widerstrebt dem löblichen Verlangen.
die ihr Reich und Thron und Könige beschützt,
)ötter! wißt, daß mich kein eitler Stolz erhitzt;
urpur blendt mich nicht; mein Seufzen soll euch
      rühren
nen der sein Reich mit Unrecht soll verliehren;
;t den, den die Geburt zum Zepter ausgerüst,
'n, diesen Sohn, der mein Monarche ist.
ch, ihr Götter! setzt Fenicius sein Hoffen;
:eht der Unschuld noch bey euch der Zutritt offen;
)et, daß mein Wunsch, mein treuer Wunsch gelingt,
:inen heitern Tag der dunkle Morgen bringt.

  Ende des andern Aufzugs.

        Der

Der dritte Aufzug.
Erster Auftritt.
Olinto, hernach Alcestes, und Fenicius.

Olinto.

So seh ich endlich doch den Nebenbuhler weichen;
Er wird aus diesem Port mit gutem Winde streichen;
Doch, was verweilt er denn? warum vergeht die Zeit?
Hat es die Königinn schon wiederum gereut,
Was sie beschlossen hat? bey jedem Augenblicke
Verändert sich ihr Herz, und nimmt das Wort zurücke.
Doch nein, hier kommt er schon.

Alcestes, zu Fenicius.

Umsonst ist jedes Wort!
Alcestes bleibt nicht mehr, Alcestes reiset fort.

Olinto, zu Alcestes.

Das Schif ist schon bereit, das Meer nach deinem Wille,
Der Wind wird ganz geneigt die leichten Seegel füllen,
Eil!

Fenicius, zu Olinto.

Ungestümer! schweig. (Zu Alcestes) Ach! halte deinen Lauf,
Dein Freund beschwöret dich, nur kurze Zeit noch auf!
Ich sag es nicht umsonst; es wird dich nicht gereuen;
Dein Warten soll gewiß zu deinem Trost gedeihen;
Du weist ja, daß ich stets dein Freund, dein Vater war.

Olinto.
(So widerstrebt mir denn mein Vater immerbar?)
Alcestes.
Du weisst, die Königinn hat den Befehl gegeben,
Und ich als Unterthan darf ihn nicht widerstreben.
Olinto, zu Alcestes.
Du hast vollkommen Recht.
Fenicius.
   Wie? so verläßt du mich?
Und denkst nicht mehr daran, wie außerordentlich
Fenicius dich liebt? nach so viel Liebeszeichen
Willst du so undankbar von meiner Seite weichen?
Alcestes.
Wer kann dem strengen Schluß der Sterne widerstehn?
Mein Vater! laß mich nur getrost von hinnen gehn.
Mein Anblick heisset dich mehr Schmerzen noch em-
        pfinden,
Du wirst die sichre Ruh nach meinem Abschied finden.
Der Himmel schütze dich, und dein Durchleuchtes Haus,
Und giesse auf dein Haupt den Strom des Seegens aus;
Und sollte ja sein Grimm mit Straffen an uns denken,
So müssen solche mich, doch aber dich nicht kränken.
Fenicius.
Ach Sohn! du sprichst zu viel; ach! du erkennest nicht,
Wie theuer du mir bist; daß mir das Herze bricht,
Wenn ich dich meiden soll; ich muß mein Leben hassen,
Wenn du vom Abschied sprichst, wenn ich dich soll ver-
        lassen.

Alcestes.

Du weinest? ach! Alcest ist keiner Thränen werth;
Weil meine Gegenwart den Kummer nur vermehrt,
So geh ich; lebet wohl!

Olinto.

(Der Himmel sey gepriesen,
Daß er sich meinem Wunsch einmal geneigt erwiesen.)

Alcestes.

Ihr Freunde! tröstet doch die liebste Königinn,
Sonst reißt ihr dieser Streich Vernunft und Leben hin:
Mein Scheiden kost sie viel; ihr Herz wird zitternd
schlagen;
Sie wird euch ihre Qual mit stillen Seufzern klagen;
Ach! die Erinnerung macht mich selbst wehmuthsvoll:
Ihr Freunde! tröstet sie; ich gehe, lebet wohl!

Zweyter Auftritt.

Cleonice, und die Vorigen.

Cleonice.

Alcest!

Alcestes.

Ihr Götter!

Cleonice.

Bleib!

Olinto.

Wie? soll er noch nicht gehen?

Alcestes.

Warum, o Königinn! läßt du dich wieder sehen?
Erneuerst du denn selbst mit Willen unsre Pein?

Cleonice.

Fenicius! Olint! laßt mich mit ihm allein.

Olinto.

Ich habe noch von ihr den Abschied nicht genommen.

Cleonice.

Wenn ich entwichen bin, denn kannst du wieder kommen.

Olinto.

Ich gehe (Ach! zur Reiß ist keine Hoffnung mehr.)

Fenicius.

Ach! zur gewünschten Zeit führt dich das Glück hierher,
(Der Himmel will die Reiß vorsichtig hintertreiben,
Und läßt zu meinem Wunsch, noch Hofnung übrig
                                        bleiben.)

Dritter Auftritt.

Cleonice, und Alcestes.

Cleonice.

Es ist, Geliebtester! im Denken und Vollziehn
Ein grosser Unterscheid; so lang ich bey dir bin,
So scheint es mir ganz leicht, daß ich mich selbst besiege,
Und daß die Zärtlichkeit der Ehrfurcht unterliege;
So bald ich aber nur von dir geschieden bin,
So fällt das treue Herz in seine Schwachheit hin;
Der Liebe weicht die Ehr.

Al-

Alcestes.

Und was soll dieses sagen?

Cleonice.

Daß es nicht möglich sey, das Schicksal zu ertragen,
Das unsre Herzen trennt. Wenn du auf meinem Thron
Nicht meine Seite zierst, so soll mein Haupt die Cron,
So soll auch meine Hand den Zepter nicht mehr führen,
Und ich verliehr das Reich, um dich nicht zu verliehren.

Alcestes.

Wie?

Cleonice.

Ja, auf diesem Sand ist keine Stadt für mich;
Ich such vergnügtre Luft; mein Herz begleitet dich.

Alcestes.

Dein Herz begleitet mich? wohin? in Wüsteneyen?
In einen dunklen Wald? soll dich die Fluhr erfreuen,
Woselbst die Einfalt herrscht, allwo die Dürftigkeit
Ein schlechtes Dach von Stroh dem Schäfer zubereit?
Ich habe keinen Thron, kein Reich von meinen Ahnen;
In einem wollen Heer bestehn die Unterthanen,
Ein schlechter Bauernhut macht meinen Hauptschmuck aus,
Und meine Königsburg ist nur ein Hirtenhaus.

Cleonice.

In diesem Hirtenhaus will ich die Ruh genießen,
Die ich, so bald das Glück dich meiner Brust entrissen,
Niemalen finden kann? dort ist zwar keine Wacht,
Die mir mit muntrem Aug das Schlaffen sicher macht;
Doch wird mich auch allda kein falscher Neid bethören,

Kein Aufruhr meine Ruh bey stillen Nächten stöhren;
Ist gleich die Tafel nicht mit frember Kost bedeckt,
Wird keine Sinnlichkeit dem lüstern Gaum erweckt,
Obschon die Speisen dort in keinem Golde prangen,
So sind die Früchte doch, die an den Aesten hangen,
Mit keinem Gift bestreut, das den verborgnen Tod,
Eh man es noch erkannt, dem schwachen Herzen droht.
Hier werd ich mit Alcest durch Berg und Thäler gehen;
Ihn werden Wäld umb Feld mir stets zur Seite sehen;
Der Auf- und Niedergang der Sonne, zeigt der Welt,
Wie mich Alcestes liebt, wie mir Alcest gefällt.

Alcestes.
Ach, Unvergleichlichste! das sind nur Fantaseyen,
Die ein verliebtes Herz im süssen Traum erfreuen.

Cleonice.
Wie? nur im Traum? warum? so zweifelst du daran,
Daß ich mein Königreich um dich verlassen kann?

Alcestes.
Und du verlangst, daß ich, um mich mit dir zu gatten,
Was deine Ehre kränkt im mindsten soll verstatten?
Nein, Königinn! die Hand, der Gott den Zepter gab,
Die tausend Völkern nützt, die ziert kein Schäferstab.
Der Purpur pranget nicht in schlechten Hirtenhäusern;
Man schützet keinen Thron mit schwachen Fichtenreisern;
Ganz Asien verehrt in dir sein Wohlergehn,
Durch deine Tugenden muß seine Ruh bestehn;
Auf dir beruht das Heil so vieler Unterthanen;
Soll den dein Trieb den Weg zu ihrem Unglück bahnen?
Du bist dem Reich, dem Volk, mehr als dir selbst ver-
pflicht,

Und

Und diese Schuldigkeit bedenkt dein Herze nicht?
Soll Ruhm, Vernunft und Pflicht der Neigung unter-
    liegen?
Nein, deine Tugend muß die Leidenschaft besiegen.
Mein Cleonice! laß die Frucht von unsrem Schmerz
Doch nicht verlohren gehn; du selber hast mein Herz
Zu solchem Schluß gebracht; der Ruhm, den du er-
    worben,
Ist unsrer Thränen wehrt, er bleibet unverdorben;
Es bleibt im Grabe selbst die Tugend unverletzt,
Und bey der späten Welt in Marmor eingeätzt,
Will uns der Himmel gleich im Leben nicht verbinden,
Wird man uns doch gepaart in tausend Schriften finden.

Cleonice.

Ach! warum siehet nicht der ganze Kreiß der Welt,
Wer mein Alcestes ist? warum er mir gefällt?
Dein Herz, das meinen Ruhm dir selbsten vorgezogen,
Entschuldigte die That, zu der du mich bewogen.
Ich wankte; aber du giebst mir die Kraft zurück,
Dein weiser Unterricht verändert mein Geschick;
Es bleibet bey dem Schluß: wir müssen uns entzweyen,
Und unsre Ruh dem Reich und seiner Wohlfahrt weihen.
Komm! und bewundere die Starkmut, die der Rath,
Den mir dein Herz ertheilt, in mir erwecket hat;
Komm! folge meinem Schritt! du wirst in kurzen hören,
Wen künftig Syrien als König soll verehren.
Ich wähle den Gemahl, ich geh das Bündniß ein,
Und Cleonice will: Alcest soll Zeuge seyn.

Alcestes.

Ach! kann ich wohl so viel Standhaftigkeit besitzen?

Demetrius,

Cleonice.
das andere großmütig, unterstützen.

Alcestes.
iel! weist du nicht, wie sehr der Eifer quält,
erm Gegenstand ein andrer sich vermählt?
ir jenes Glück auch keinen andern gönnen,
r dasselbige nicht selbst erhalten können?

Cleonice.
meine Wahl, sie zeigt dir: wer ich sey,
bst mein Wankelmut beweist dir meine Treu.

Vierter Auftritt.
lcestes, hernach Olinto.

Alcestes.
in die Dunkelheit der Worte nicht verstehen;
mein Auge sie in fremden Armen sehen?
nnoch schwört ihr Mund: daß sie die Treu nicht
kränkt,
ie bey solcher Wahl auf meine Ruhe denkt?
Nebenbuhler sehn, und gleichwol ruhig bleiben?
ies nicht seinen Spott mit meinem Herzen treiben?
, sie ist Königinn; ich such nicht weiter nach,
ie leid ich mit Lust den Tod, und alle Schmach.

Olinto.
hat die Königinn dich einmal frey gelassen;
nd Alcest! kannst du den Schluß zur Reise fassen;
hin aus diesem Reich, das dir so abgeneigt,
sich dir anderwärts das Glück gewogner zeigt;
rme mich zuletzt; da wir uns müssen trennen,
dich der Abschiedskuß den alten Freund erkennen!

Al-

Alcestes.
Olint! du ehrest mich mit deinem Abschiedskuß
Zu früh, dieweil ich noch allhier verbleiben muß.

Olinto.
Warum?

Alcestes.
Die Königinn hat es für gut befunden.

Olinto.
Wie? so verändert sich ihr Vorsatz alle Stunden?

Alcestes.
Ich folge ihrem Wink.

Olinto.
Will Cleonice dich
Zum König machen?

Alcestes.
Nein, so weit versteiget sich
Mein stolzes Hoffen nicht.

Olinto.
So sollst du Zeugniß geben,
Wenn sie, auf ihren Thron wird einen andern heben?

Alcestes.
Das will die Königinn.

Olinto.
Freund! das ist ein Gebot,
Dem du nicht folgen kannst.

Alcestes.
Und wär es auch der Tod,
So werd ich mir dadurch den schönsten Ruhm erwerben,
Wenn ich für ihre Ruh mit Freuden weiß zu sterben.

Fünf=

Fünfter Auftritt.
Olinto.

Das hab ich vorgesehn; sie stellt sich tugendhaft,
Daß sie sich auf dem Thron erst Sicherheit verschaft,
Und allem Aufruhr wehrt; sie sucht sich fest zu setzen,
Um mit dem Cronenschmuck Alcesten zu ergötzen.
Mein eigner Vater hemmt die höchstgerechte Wut
Und mehrt, durch blinde Gunst, des Feindes frechen
Mut;
Wird aber mit der Zeit mir die Gedult verschwinden,
So soll mein strenger Grimm verdoppelt sich entzünden.
Mein hoher Geist verläßt das Joch der Dienstbarkeit,
Und stürzt den tausendmal, der mir den Fall bereit'.

Sechster Auftritt.
Fenicius, hernach Mitranes.
Fenicius.

In so verwirrtem Stand hab ich mich nie erblicket;
Weil mich die Königinn nach meinen Zimmern schicket,
Allwo ich warten soll, bis sie mich ruffen läßt,
So hat sie was im Sinn. Ich fragt um den Alcest,
Sie sagt mir weiter nichts: als daß er noch zugegen,
Und daß die Schiffe noch in unserm Hafen lägen;
Es ist nichts so geheim, das sie mir sonst nicht sagt;
Das muß was Grosses seyn, was jezt ihr Herze plagt,
Weil sie es mir verbirgt; ach soll dann mein Bemühen
Gar keinen andern Trost, als Trauren nach sich ziehen?

Mitra-

ein Schauspiel.

Mitranes.
Getrost Fenicius! ich hab mit Lust gesehn,
Wie zahlreich auf dem Meer der Creter Seegel wehn.

Fenicius.
Ach Freund! was für ein Glück! nun kann man offen-
bahren,
Wer unser König ist; versammle gleich die Schaaren,
Die uns ergeben sind, und führ Alcesten her;
Dies ist die letzte Huld, die ich von dir begehr.

Mitranes.
Ich gehe, den Befehl eilfertig zu vollziehen . . .

Fenicius.
Vernimm! du must zur Zeit zu schweigen dich bemühen,
Warum der Creter Schiff . . . .

Siebender Auftritt.

Olinto, und die Vorigen, hernach Alcestes
mit zween Edelknaben, welche die königlichen
Ehrenzeichen tragen.

Olinto.
          Mein Vater! hör! ich bin
Ein Herold grosser Lust.

Fenicius.
          Warum?

Olinto.
                 Die Königinn
Hat schon gewählt . . .

Fenicius.
              Vielleicht Alcesten?

Olinto.

Olinto.

Nein, sein Hoffen
War fruchtlos...

Fenicius.

Welcher Blitz hat meine Brust getroffen?

Alcestes.

Zu deinen Füssen, Herr!

Fenicius.

Alcest! was machst du hier?
Steh auf! was thust du?

Alcestes.

Herr! ich überbringe dir
Den königlichen Schmuck; die Wahl ist ausgefallen,
Fenicius gefällt der Königinn vor allen.
Der Tempel sieht sie schon in ihrem Hochzeitkleid,
Zu diesem frohen Fest ist alles schon bereit,
Sie wartet nur auf dich, das Bündniß einzugehen,
Und deine Großmut wird den Schluß nicht widerstehen.
Ich weiß, daß gleiche Trieb in deinem Herzen blühn
Für mich, für das Geschenk, und für die Königinn.

Fenicius.

Wie? überlegt sie nicht, daß meine Zahl von Jahren
Sie dreymal übertrift?

Alcestes.

Nein, ihre Sinnen waren
Allein dahin gericht: daß keiner in dem Reich
Dir an Bescheidenheit, Vernunft und Tugend gleich:
Durch dieses wollte sie die grosse Seele zeigen.
Die Tugend wird belohnt, die Mißvergnügten schweigen,
Neid, Haß und Eifersucht sind gänzlich unterdrückt,
Und das gesammte Reich macht ihre Wahl beglückt.

Mi-

Mitranes.
Freund! ende doch einmal die herben Bitterkeiten,
Die, bis auf diesen Tag, Alcestens Brust bestreiten.
Fenicius.
An einen solchen Schluß hätt ich wohl nie gedacht.
Olinto.
Zu der Vermählung ist die Anstalt schon gemacht;
Laß, Vater! laß uns doch bald in den Tempel gehen,
Ein jeder seufzet schon das neue Haupt zu sehen,
Der treuen Bürgerschaft fällt dein Verweilen hart,
Erfreue doch das Volk durch deine Gegenwart.
Fenicius.
Olinto! geh und sag: in wenig Augenblicken
Wird vor den Göttern sich der neue König bücken;
Ihr aber bleibet hier.
Olinto.
(Nun bin ich schon vergnügt,
Weil nur Alcestens Stolz gebeugt zur Erde liegt.)

Achter Auftritt.
Fenicius, Alcestes, Mitranes.
Fenicius.
Euch Göttern! die ihr stets für eure Kinder wachet,
Ob das Verhängniß schon mit schweren Donnern krachet,
Euch Göttern! sag ich Dank; ihr habt den Schmerz ge-
stillt,
Da meines Schweisses Frucht den heißen Wunsch erfüllt.
Alcest! nun darf ich dich nicht mehr als Sohn erkennen,
Von nun an darf ich mich nicht deinen Vater nennen,
Umfasse meine Brust! es ist das letztemahl,
Daß ich dich weinend küß.

F   Alces

Alcestes.
Was für ein Unglücksfall
Entreist mir deine Huld?
Fenicius.
Ich bin dir unterthänig,
Dir dienet Syrien, und du bist unser König.
Alcestes.
Wie so?
Fenicius.
Erkenn dich selbst und wisse: daß in dir
Demetrius noch lebt; des Reiches wahre Zier
Stellst du den Augen dar; ich habe dich erzogen,
Ich habe dis bisher an Vaters statt gepflogen;
Glaubst du den Worten nicht, so glaube deinem Geist,
Der so viel Tapferkeit und Weisheit in sich schleußt,
Glaub jener Sorgenlast, die ich für dich getragen,
Glaub dem, der sich entschleußt, dem Purpur auszuschlagē,
Glaub diesen Freudenstrohm, der aus den Augen quillt.
Alcestes.
Warum blieb denn bisher mein wahrer Stand verhüllt?
Fenicius.
Vergönne, daß ich mich ein wenig darf erholen,
Alsdenn vollzieh ich das, was du mir anbefohlen.
Ihr Götter! ach wie schön habt ihr mein Leid ersetzt!
Nun sterb ich ganz vergnügt, da mich die Ruh ergötzt.

Neunter Auftritt.
Alcestes, Mitranes.
Alcestes.
Schlaf oder wach ich?
Mitranes
Herr! nimm hin das erste Zeichen
Das ich, als dein Vasall . . . .

Alcestes.
Freund! spahre doch dergleichen . . . .
Mitranes.
So will es meine Treu . . .
Alcestes.
Ich glaube selbst noch nicht,
Was jezt Fenicius in seinem Eifer spricht.
Mitranes.
Herr! zweifle nicht daran; ermuntre deine Sinnen;
Die dunkle Nacht läßt dir den schönsten Tag gewinnen;
Der Sturm hat aufgehört; du schifft geruhig fort;
Drum leg die Furcht von dir und zittre nicht im Port.

Zehenter Auftritt.
Alcestes, hernach Barsene.
Alcestes.
Was? ich Demetrius? ich ein gebohrner König?
Wie? kannte sich Alcest bis hierher noch so wenig?
Das Schicksal leget mir stets neue Titel bey,
Bald will es, daß ich Hirt, bald, daß ich König sey;
Bald bin ich Bräutigam, bald soll ich auf dem Nachen
Die Liebste fliehn; was wird das Glück noch aus mir
Barsene. (machen?
So wird Fenicius heut mit des Reiches Cron
Geschmückt?
Alcestes.
Die Königinn hat ihn auf ihren Thron
Beruffen.
Barsene.
Ich beklag, was du dabey verlohren,
Allein, da dich das Glück zum Zepter nicht erkohren,
Da Cleonice dir den Schwur gebrochen hat:
So ändre deinen Schluß, und lieb an ihrer statt

Barsenen; denn du bist ihr einziges Vergnügen
Alcestes.
Barsenen?
Barsene.
Ja, Alcest! bisher hab ich geschwiegen;
Schon lange war mein Herz von Liebespfeilen wund;
Weil eine Königinn, ein Thron im Weege stund,
Verbarg ich, mit Vernunft, die Sehnsucht in dem Herzen,
Und wuste anders nichts, als die geheimen Schmerzen
Dir mit verstohlnen Blick zu zeigen; aber itzt,
Da schon Fenicius der Syrer Thron besitzt,
Und Cleonice sich demselben wird verbinden,
So seh ich auch zugleich für dich die Hoffnung schwinden,
Und folglich ist es Zeit, daß ich dir sagen kann:
Barsene liebet dich!
Alcestes.
Du thust nicht wohl daran.

Eilfter Auftritt.
Barsene.
Das Schweigen wäre mir weit besser jetzt bekommen;
Ich glaubte, wenn Alcest mein Feuer wahrgenommen,
So würde seine Brust leicht zu entzünden seyn;
Doch er erweichet sich so wenig als ein Stein.

Zwölfter Auftritt.
Cleonice, mit ihrem Gefolge, Fenicius mit denen, welche den königl. Schmuck tragen.
Fenicius.
Glaub, Cleonice! mir; die königlichen Zeichen
Muß deine Hand allein Alcesten überreichen,
Weil er der Erbe ist. Cleo-

Cleonice.
Schon lange fiel mir bey:
Daß etwas Königlichs in ihm verborgen sey.
Fenicius.
Ich hab gefehlt, daß ich so lange das verborgen,
Was ich entdecken sollt; daß ich so grosse Sorgen
Auf deinen Feind verwandt; doch ein so lieber Feind,
Ein Feind, der es mit dir so treu, so redlich meint,
Ein Thron, den ich veracht, wird meine That beschönen,
Und, wenn du zürnen willst, den Fehler leicht versöhnen.
Cleonice.
Ach Götter! eure Huld beglückt mich allzusehr
Da ich voll Angst und Qual . . .
Fenicius.
Demetrius kommt her.

Dreyzehender Auftritt.
Alcestes, Mitranes, und die Vorigen.
Alcestes.
Dies ist das Erstemahl, daß ich mich nicht darf grämen,
Und du nicht Ursach hast dich unsrer Lieb zu schämen,
Das ist allein, was mir bey dem erhobnen Stand
Das allersüsseste Vergnügen macht bekannt.
Cleonice.
Das Los verändert sich; Prinz! du bist unser König
Und Cleonice dir, nebst andern unterthänig.
Die Furcht, die dich gequält, fühlt jezt mein Herze schon;
Geh hin, Demetrius! auf deiner Ahnen Thron,
Ich trette dir ihn ab mit eben dem Vergnügen;
Als wenn du selbigen durch meine Wahl bestiegen;
Genüsse seiner Pracht, doch, glücklicher als ich,
So lang ich ihn besaß, war er mir fürchterlich.

Die Götter hatten sich stets wider mich verschworen,
Jezt seegnen sie mein Haupt, nachdem ich ihn verlohren.
Mitranes.
Großmüthiger Entschluß!
Alcestes.
Wohlan! es soll geschehn,
Auf meines Vaters Thron soll mich der Bürger sehn;
Doch Cleonice muß mich auf denselben führen,
Und dessen Herrlichkeit als Mitregentinn zieren.
Cleonice.
Mein König! dein Befehl ist, was ich lange Zeit
Mit Lust gewünscht.
Fenicius.
Mein Herz ist voll Zufriedenheit.

Vierzehender Auftritt.
Barsene, und die Vorige.
Barsene.
O Königinn! es ist die ganze Stadt voll Lärmen.
Cleonice.
Warum?
Barsene.
Weil vor dem Port der Creter Segel schwärmen;
Ihr Abgesandter will dich sprechen, und Olint,
Weil er Alcestens Glück ganz unerträglich findt,
Stimt der Gesandschaft bey; er schreit in allen Strassen,
Daß du durch falschen Wahn dich hast bethören lassen.
Er sagt: Fenicius betrügt das Vaterland,
Wo sich Demetrius befindt, sey ihm bekannt.
Cleonice.
Weh mir, Fenicius!

ein Schauspiel.

Fenicius.
Laßt eure Ruh nicht ſtöhren,
Beſteiget nur den Thron, der Ausgang wird euch lehren,
Wer falſche Tücke liebt.

Funfzehender Auftritt.
Olinto mit einem verſiegelten Blat, und die Vorigen.

Olinto.
Verwegne! haltet ein.
Die Götter wollen nicht von euch betrogen ſeyn.
Wer vom Demetrius als Cronerb übrig blieben,
Belehrt euch dieſes Blat; er hat es ſelbſt geſchrieben,
Eh er das Leben ſchloß; es iſt noch unverrückt:
Des Königs Siegelring iſt noch darauf gedrückt;
Der Abgeſandte ſagt: daß die Cretenſer wollen,
Die Sach ſoll ruchtbar ſeyn; und ihm iſt anbefohlen
Von dem geſammten Rath: daß man dir dieſes Blat
Behändiget; das Heer, das ihn begleitet hat,
Erwartet nur Befehl für unſern wahren Erben
Zu ſiegen, und für ihn den Zepter zu erwerben.

Cleonice.
Hilf Himmel! was iſt das?

Fenicius, zu Olinto.
Nun ſo eröfne dann
Das fürchterliche Blat.

Olinto, zu Alceſtes.
Alceſtes! fängſt du an,
Bey dieſer Zeugenſchaft, den Hochmut zu bezähmen?
Pfuy! ſchäm dich!

Fenicius.
Ließ! vielleicht wirſt du dich müſſen ſchämen.

Olin=

Olinto, ließt.

„Ihr Völker Syriens! mein Sohn lebt unter euch,
„Wiewol ganz unbekannt; ihn wird das Königreich
„Dereinst noch sehn; wenn ihr ihn noch nicht kennet,
„So wisset, daß ich ihn Alcestes hab genennet,
„Alcestes ist mein Sohn; ihn hat Fenicius
„Erzogen und gepflegt; das schreibt Demetrius.

Cleonice.

Jezt leb ich auf das Neu.

Mitranes, zu Olinto.

Ist dir dein Trotz benommen?

Olinto.

Fast bin ich, durch dis Blat, um den Verstand gekommen.
Alcest! verzeihe dem, der deinen Zepter küst,
Und seiner Frevelthat der eigne Richter ist.

Alcestes.

Alcest verzeihet dir durch den, der dich gezeuget.

Fenicius.

Eh sich mein graues Haupt zur finstern Grube neiget,
Laßt mich, beglücktes Paar! euch auf dem Throne sehn.
Dann will ich ganz getrost zu meinen Vätern gehn.

Alcestes.

Feniz! mein ganzes Glück muß ich dir zuerkennen,
Dein König wird als Sohn sich ewig dankbar nennen.

Mitranes.

Ihr zeiget aller Welt durch eure Tugend an,
Daß sich auch mit der Ehr die Liebe paaren kann.

Ende des ganzen Schauspiels.